Sie kam zu König Salomo

Zweite Auflage

© 2001 Jung und Jung, Salzburg
Alle Rechte vorbehalten
Satz: Fotosatz Rizner, Salzburg
Druck: Friedrich Pustet, Regensburg
ISBN: 3-902144-00-9

INGE MERKEL

Sie kam zu König Salomo

Roman

»Als aber die Königin von Saba den Ruf Salomos vernahm, da kam sie, um ihn mit Rätselfragen auf die Probe zu stellen.

Sie kam also nach Jerusalem mit viel Volk und mit Kamelen, die Spezereien und eine große Menge Gold und Edelsteine trugen. Sobald sie zu Salomo hineingekommen war, trug sie ihm alles vor, was sie auf dem Herzen hatte. Salomo aber gab ihr auf alle Fragen Bescheid, nichts gab es, was dem König verborgen blieb, so daß er ihr nicht hätte Bescheid geben können. Als nun die Königin von Saba all die Weisheit Salomos sah, dazu den Palast, den er erbaut hatte, da geriet sie außer sich und sprach zum König: ›Es ist wirklich wahr, was ich in meinem Lande über dich und deine Weisheit vernommen habe.‹«

I

Der Wüstenritt

Die Zone, wo Himmel und Erde einander berühren, ist verhangen von wogenden Schleiern graugelben Sandes, den der stete Windhauch der Wüste hochtreibt. Über der Staubzone wolkenfreie Bläue der Himmelskuppel, von der die dröhnende Wucht der Sonne prallt. Halden verwitternden Schutts. Das zackige Netz der ausgedörrten Erdrinde, Dünen geriffelten Sandes. Dann und wann ein karges Gesträuch in sperriger Starre. Bisweilen das ausgebleichte Gebein eines Tieres, das auf der Strecke geblieben ist, reichlich abgenagt von den Aasfressern der Wüste.

Am Himmel ziehen die Geier ihre spähenden Kreise. Sie gleiten auf den hochsteigenden Wellen des siedenden Aufwinds. Im Westen das Asirgebirge. Der Osten grenzenlos. Am Fuß des Gebirges windet sich, beharrlich ausgetreten von den Füßen der Dromedare, die Weihrauchstraße.

Im Süden braut in der Staubwolke Bewegung. Wabernde Gestalten formen sich in den flimmernden Hitzereflexen zu Tieren und Menschen. Eine Karawane schwer beladener Kamele.

Breitfüßiges Schaukeln im schwingenden Gleichmaß. Mensch und Tier schwanken dahin, geduldig dösend, eingetaucht in den Wiegetrott, ausgeliefert der suggestiven Überredungskraft der Wüste. Scheppernd bimmeln die Glöckchen am Geschirr der Kamele. Aber tiefer noch feilt sich ins Gehör der Klang der Sandkörner, die sich im immerwährenden Wüstenwind aneinander reiben. Ein sirrendes Singen, das nie aussetzt, nie moduliert. Immer ein und derselbe hohe, heisere Ton, als striche ein endloser Bogen über eine endlose Saite.

Ein paar Reittiere tragen einen Tachtirwan, geräumiger und prächtiger als die anderen. Er trägt die Königin. Die Königin von Saba auf dem Weg nach Jerusalem, zu Salomo, dem Weisen von Juda.

Gamal, der die Handelsgeschäfte mit Weihrauch mit den zivilisierten Höfen des Vorderen Orients führte, hatte der Königin von seiner letzten Jerusalemreise die »Sprüche« Salomos mitgebracht, die gerade auf dem Markt erschienen waren. Gamal wußte, daß die Königin gerne las und auf Neuerscheinungen erpicht war.

Doch die »Sprüche« hätte sie beim ersten Durchfliegen fast beiseite gelegt. In jedem Land mit verfeinerten sittlichen Ansprüchen gab es – fast gleichlautend – einen solchen Kodex für die heranwachsende Jugend als Leitfaden der Moral, auch in Saba, und wie gesagt, die Königin wollte die Schrift schon weglegen, da stieß sie, nicht recht eingepaßt in den Text, auf einen Passus, der sie innehalten und aufmerken ließ. Sie las mehrmals die Stelle, und was sie da las, das nahm sie gefangen und ließ sie nicht mehr los. Geradezu eine Verstrickung, sagte sie zu sich selbst, und je mehr sie sich bemühte, freizukommen von diesem Gedanken, den Salomo breit ausspann, umso dichter zog sich das Netz der Bilder und Ideen um sie zusammen. Und schließlich wuchs in ihr ein drängendes Verlangen nach einem Gespräch mit diesem Mann.

Natürlich verwarf sie diesen Wunsch sofort als Unsinn, als bizarre Ausgeburt eines durch die Etikette und Gewohnheit streng geregelten Alltags, dessen eingeschlafener Windhauch kein Körnchen Staub aufweht. Das Land durch die vielfachen Handelsbeziehungen gefestigt, die Stadtbürger reich vom Weihrauchhandel, sogar die Bauern in zufriedener Sattheit. Die Nomaden an der Grenze der Wüste wurden genau im Auge behalten.

»Was stört mich auf aus der wohlverdienten Ruhe? Das Reich ist gefestigt. Die Kinder haben ihre Flausen abgelegt und bauen an ihrem eigenen Nest. Was macht mich so unruhig, als siedelten Sandflöhe zwischen meinen Zehen? Da hast du gejammert und geschrien, wenn dich die Sorgen und Plagen würgten, die Ängste dir die Luft abschnürten und das Gewand an Hals und Rücken klebte. Und jetzt, wo das alles überstanden und ausgebadet ist, willst du dir eine schwere Reise zumuten zu einem fremden König, der ein paar Gedanken hatte, die dich bewegten, die deine müden Sinne aufwühlten. Den mühsam erkämpften Frieden des Geistes und deiner Seele aufs Spiel setzen für das Reden mit einem, der sich den Kopf zerbricht über Dinge, die weder von Nutzen sind noch der Wissenschaft dienen und sich an nichts Überliefertes halten.«

Man darf der Königin nicht nachsagen, sie hätte unüberlegt gehandelt. Ihr Vorgehen war wohldurchdacht. Zunächst brauchte sie eine Einladung von König zu König, und sie zerbrach sich lange den Kopf, bis sie sich für eine Vorgangsweise entschied. Und sie entschied sich für einen prallen Fauxpas.

In der ersten Etappe der Reise war die Königin hochgestimmt. Man könnte fast von Euphorie sprechen. Ein Gefühl hatte von ihr Besitz ergriffen, das sie längst verschüttet glaubte: das wilde, erfrischende Gefühl des Abenteuers.

Als Mädchen hatte sie es gekannt, wenn es ihr gelungen war, Begleitung und Aufsicht abzuschütteln und auf ihrem Renner hinaus in die Wüste zu jagen, ohne an Zeit und Ziel zu denken. In solchen Augenblicken hatte sie sich am Pulsschlag des Glücks gefühlt.

Ein Echo dieser Empfindung rührte sie nun an, da der Trubel von Marib, die Pflichten und Lasten der Regentschaft und nicht zuletzt die ewige Sorge um die – längst erwachsenen – Kinder am Horizont verschwammen. Vor sich sah sie nichts als die Weite der Wüste, hörte nichts als das Knirschen des Sandes unter den breiten Füßen der Kamele, spürte nichts als das Prickeln unverhofften Wohlbefindens, das ihr bis in die Kopfhaut lief. Daß sie in ihrem Alter – mehr als sechzig Jahre – noch solch jugendlicher Regungen fähig war, ergriff sie mit Staunen und Dankbarkeit.

Allerdings war diese erhebende Empfindung durchsetzt mit Verlegenheit, nicht weit von einer gelinden Scham entfernt. War diese Freude doch im vollen Sinn des Wortes eine »diebische« Freude, die sie sich gegönnt hatte mit Mitteln, deren Fragwürdigkeit ihr bewußt war. Trotz ihres klaren Blicks in das Geschehen der letzten Monate, in denen sie sich die Voraussetzungen zu dieser Reise mit nicht eben lauteren Mitteln verschafft hatte, war sie zufrieden mit sich.

In ihrem mit Polsterwerk reich ausgestatteten Tachtirwan hingelehnt, vom gleichmäßig schwankenden Rhythmus der Kameltritte in ein halbwaches Dösen gewiegt, gab die Königin sich der Erinnerung hin an die breit angelegte Machenschaft, derer sie sich bedient hatte, um zu einer Einladung Salomos an seinen Hof zu kommen.

»Prächtig habe ich das eingefädelt«, sagte sie halblaut vor sich hin, »daß ich den guten Gamal zum Beiwohner der Szene gemacht habe, damit die Sache auch rasch und ausführlich unter die Leute kommt, in der Stadt und die Handelswege entlang. Ach Gamal, mein Oberster im Weihrauchhandel; im Geschäft die Verläßlichkeit selbst, ein gerissener Feilscher von schmalmündiger Verschwiegenheit. Aber außerhalb ein großes, begabtes Klatschmaul, das seinesgleichen sucht.«

Der Königin fielen die Augen zu, sie geriet in eine Art Halbschlaf. Teils vage, teils überscharfe Bilder stellten sich ein. Sie sah das Gesicht Gamals, in dem sich Neugier mit Entsetzen mischte, als sie vor ihm die Szene hinlegte, mit der sie Salomos Interesse wecken wollte.

11

Sie hatte, als sie Gamal rufen ließ, Salomos »Sprüche« aufgeschlagen im Schoß liegen, als ob sie gerade gelesen hätte und ganz gefesselt wäre von der Lektüre. Und immer noch Gamals Anwesenheit übersehend, schlug sie sich in absichtlich vulgärer Art auf die Schenkel und rief aus: »Mit dem Mann möchte ich reden!«

Erst jetzt schien sie die Anwesenheit des erblaßten Gamal zu bemerken, schien sich des Fauxpas bewußt zu werden, den sie eben vor den Augen eines Dienenden begangen hatte und stammelte verlegen allerlei Unzusammenhängendes über den Text, der sie so aufgeregt habe, daß sie sich zu einem ganz ungebührlichen Benehmen habe hinreißen lassen. Sie bedeckte schamvoll mit der Hand das Gesicht und sah zwischen den Fingern mit großer Befriedigung, wie sich in Gamals geweiteten Augen die ganze Szene malte, so wie er sie herumerzählen wollte, mit allen Einzelheiten, bei Hof, in den Gassen und Basaren und auf den großen Handelsstraßen.

»Salomo wird die Geschichte bald vernehmen, kein Eilbote kommt an die Geschwindigkeit heran, die guter Klatsch erreicht. Er wird mich sehen wollen, eine alte Königin, die angesichts eines Werkes aus seiner Hand vor Bewunderung die Hofsitte verletzt. Er ist zu gescheit, um nicht neugierig zu sein.«

Und sie hatte richtig gerechnet. Früher noch als sie gedacht, traf Salomos Botenvogel Hudhud mit dem Einladungsschreiben in Marib ein und stand vor ihr.

Die Erscheinung dieses Boten war durchaus geeignet, ihre Begierde auf ein Treffen mit Salomo noch zu steigern. In höfisch eleganter Form stellte Hudhud sich der Königin als der persönliche Kurier des Königs vor und übergab das Einladungsbillett. Hudhud heißt im arabischen Raum »Wiedehopf«. Ein Tier? Ein Vogel? Oder ein beliebiger Name? Wenn man ihn genauer in Augenschein nimmt, erübrigen sich alle Zweifel. Wie das? Eben eine zierliche, feingliedrige Gestalt, die einen gekonnten Kratzfuß hinlegt. Seine Nase war, sagen wir, außergewöhnlich lang und spitz und stach über einem fliehenden oder eigentlich gar keinem Kinn dem Beschauer entgegen. Solche Gesichtsformen gibt es ohne Zweifel unter den Menschen. Auch die Augen waren keine Besonderheit: klein, schwarz, kugelförmig hervortretend und eng gestellt; sie zwinkerten nicht, sondern glitzerten vor Aufmerksamkeit. Leicht befremdend war der Umstand, daß der Mann sein Haupthaar, stark pomadisiert, zu einer Art Kamm emporgerichtet und diesen noch durch Federwerk erhöht hatte. Auch das konnte man hingehen lassen – eine Modegrille aus Ägypten; wie die übliche Tunika mit Umhang. Diese war in einem warmen Wüstenbraun gehalten und am Saum – eher unüblich – geschmückt mit einem weißen und anschließend schwarzen Streifen. Aber erst, als er sich vor der Königin tief verneigte, die zartknochige Hand auf der Brust, wobei er eines seiner dünnstieligen Beine mit elegant gespreizten Zehen vorstreckte und sich seine Gewänder über dem spitz geformten Steiß zu einem weiß,

13

braun, schwarz gesprenkelten Bukett entfalteten –
ein anmutiger Anblick übrigens! –, erst dann
wurde das Urteil unumgänglich: dieser Hudhud ist
ein Vogel, und zwar ein Wiedehopf im vollen Sinne
seines Namens.

Die Königin sah ihn noch genau vor sich. »Ich
mußte mich damals streng an die Kandare nehmen«, sagte sie zu sich und lachte, »ich durfte ja um
keinen Preis meine Belustigung zeigen. Der Vogel
genießt als persönlicher Eilbote sicher Salomos
Wertschätzung, und seinem Benehmen nach ver-
dient er sie auch. Ich mußte auch dem blöden
Gewieher der Dienerschaft ein rasches Ende be-
reiten. Und außerdem – ich hatte den geringsten
Grund, ein solch heikles Zwitterwesen durch gaf-
fende Heiterkeit zu kränken. War doch meine
eigene Mutter eine Gazelle und gleichzeitig eine
liebliche Erscheinung, die meinen Vater so in Bann
zog, daß er sie zur Frau nahm. Sie ist ja leider früh
gestorben, und ich bin ganz nach dem Vater geraten, oft genug habe ich mir die pikante Seinsform
eines Zwitterwesens gewünscht.«

Kaum daß der Rummel über Hudhud sich gelegt
hatte, kam heraus, wie die Botschaft lautete. Daß
sie eine Einladung enthielt und daß die Königin
entschlossen war, sie anzunehmen. Gamal ging mit
gesenkten Lidern und ließ sich kaum sehen. Sonst
jedoch gab es ein großes Geschrei, Hohn, Geunke
und Kopfschütteln des Unverständnisses. Fas-
sungslosigkeit bei den Ratgebern, böse Prophezei-
hung der Priesterschaft, Ratlosigkeit der Kaufleute.
Und das Volk? Wenn es sich um Ungewöhnliches

handelt, ist die Deutungsweise der Gasse simpel und schroff. Alles gerät in die Sphäre des Skandals: »Die Alte ist scharf auf ein Techtelmechtel.«

Leider hielt die euphorische Stimmung, in welcher die Königin sich in den ersten Etappen der Reise befand, nicht an. Die Wüste holte sie ein. Ihre dürre Eintönigkeit kam über sie und erstickte den Aufschwung wie einen silbrigen, zappelnden Fisch, der an Land gestrandet ist. Nicht, daß sie das Unternehmen bereute oder sich mit Selbstvorwürfen plagte. Nur der Schwung versackte im öden, unerbittlichen Trott der Kamele, im sirrenden Singen des Sandes, den der Wind vor sich hertrieb.

Die schweigende Kargheit des Landes würgte sie und machte die Zeit zu einem schweren Klumpen, in dem der Fluß der Gefühle stockte. Der Kopf war dumpf und der Herzschlag ein träges Pochen, in dem der Keim einer Panik lag.

Noch bei der Rast setzte sich das Schwanken des Rittes fort, wenn sie sich unruhig auf dem Lager wälzte, das Keifen der Hyänen im Ohr, die in der Asche scharrten. Aus der Ferne bisweilen das grollende Gebrüll eines Löwen, das die Stille erschütterte. Die Kamele zerrten an der Koppel.

Schlaflos lag sie in ihrem Zelt, in den Ohren das Gerede der Kamelweiber, die um ein gemeinsames Feuer mit den Treibern anderer Karawanen lagerten. Die Königin hatte kein besonderes Interesse an den Gerüchten, welche die große Straße entlang hinauf und hinunter trieben. Doch da war es, als hörte sie ihren eigenen Namen, und sie horchte genauer auf das Gemurmel.

»Hudhud, der Wiedehopf, ist bei eurer Herrin gewesen, höre ich, was hat er zu melden gehabt?«

»Weißt du denn nicht, daß Salomo die Königin zu sich geladen hat?«

»Was will er wohl von ihr? Den Handel treibt doch euer Gamal, da mischen sich die Königlichen nicht hinein.«

»Was mag es für Probleme geben, daß die Königin sich aufmacht zu einer solchen Reise? Für eine Liebschaft sind sie doch beide zu alt.«

»Ich habe was gehört von Reden!«

»Um der Unterhaltung willen setzt sie ihren erlauchten Hintern auf ein Kamel?« spottete ein junger Leichtfuß.

»Nimm dein dreckiges Maul in acht«, sagte einer von den Sabäischen, »niemand wird in meiner Gegenwart meine Königin verspotten. Wenn sie reden will mit Salomo, wird sie ihre Gründe haben!«

»Das hast du notwendig gehabt, alte Närrin«, sagte die Königin zu sich selbst. »Und jetzt gibt es kein Umkehren mehr ... verloren im unendlichen Sand. Spielball einer bizarren Laune, die zur fixen Idee geworden ist ... hätte ich nur auf die Einwände meiner Umgebung gehört! Spitz genug waren sie. Der ganze Aufwand einer raschen Marotte wegen? Reden! Reden mit einem Wildfremden, von dem ich nichts weiß, nichts kenne als ein paar Einfälle, die meine Sinne angesprochen haben. Viel zu schnell und bedenkenlos bin ich auf den Leim gegangen, wie eine süchtige Fliege. Habe daran die Hoffnung, den Glauben, ja, auch die

16

Gewißheit geknüpft, es lebte da einer, den kennenzulernen sich lohnte. Und jetzt, mitten im Wüsten, wo ein Zurück eine Blamage wäre, jetzt überfällt mich unversehens die Vernunft, die sich totgestellt hat, als ich sie gebraucht hätte, und setzt mir zu mit ihren grämlichen Vorhaltungen: Was, wenn dein Salomo nichts als ein räderschlagender Pfau ist, ein arroganter Sauertopf oder mürrischer Grübler, den jede lebendige Seele stört in seinem erhabenen Dienst an der Weisheit; gar nicht zu reden von einem neugierigen Frauenzimmer? Oder ärger noch! Was wäre, wenn er mir zwar gefiele, ich ihm aber nicht? Wie stehe ich dann da vor mir selbst und vor ihm, der mich für nichts hält als eine zudringliche, mit Intellekt und Bildung auftrumpfende Trulle! Was hab ich mir da eingebrockt, ich unselige Törin! Gedacht, getan, weil es mir eben durch den Kopf gefahren ist wie einer unerfahrenen Gans, der das ungestüme Blut ins Hirn steigt. Und da habe ich mich nicht gescheut, diese Posse hinzulegen, um mir Salomos Interesse zu erschleichen, damit die Einladung zustande kommt.

Jetzt ist mein Kopf leer wie ein aufgegebenes Haus, durch das der Wind den Flugsand treibt. Ich weiß nicht, was ich fragen, worüber ich mit dem König reden soll. Ich sehe mich dort sitzen, am Rande des Stuhles mit angespanntem Kreuz, und Platitüden über das Hofleben in Saba und Jerusalem breittreten. Manierliche Konversation, wie es sich gehört zwischen zwei Erlauchten. Und hinter meinem Rücken tuscheln sie alle: Was will die eigentlich, die Alte? – »Was will ich denn wirklich?« Die Königin kam ins Grübeln, suchte nach einer klaren Antwort. »Ich weiß schon, was ich will! Einen Partner will ich für die bedachtsamen Gespräche des Alters, wenn die hirnlosen Feuerbrände der Jugend in Asche liegen. Wenn die hektischen Umtriebe und Probleme unter dem Schorf der Notlügen, Nützlichkeiten und Vorurteile verrottet sind und die echten, gewichtigen und gar nicht geheuren Fragen des Lebens ins Blickfeld treten; gnadenlos, blankgescheuert und ohne Schatten. Reden will ich mit einem, der sich mit denselben Fragen quält, der ratlos und hilflos nach einem Sinn allen Tuns und Hastens strebt und fühlt, wie der Staub aus dem morschen Gestühl des Leibes rieselt, den Gaumen verklebt, wie der Holzwurm an die Schläfen pocht. Wenn es einmal so ist, dann sucht man keine Unterhaltung und Zerstreuung mehr und schon gar nicht amouröse Abenteuer. Dann sucht man einen, der über dieselben Fragen brütet und weiß, daß es keine Antwort gibt, daß das Eigentliche für uns Menschen ein Geheimnis bleibt.«

Endlich kam die reichlich erschöpfte Karawane mit einer niedergeschlagenen Königin in der Oase Taima an und nahm ohne langen Aufenthalt die westliche Abzweigung der Weihrauchstraße. Als der Weg von der Hochebene abstieg, änderte sich die Landschaft. Das Fahle der Wüste ließ bereits einen grünen Schimmer ahnen. Schon sah man hier und da anspruchslose Horntiere an den Blättern dorniger Stauden nagen, und karge Flecken von trockenem, kurzem Gras drängten aus dem sandigen Boden. Die wuchsen allmählich zusammen zu richtigen Weiden für rupfende Ziegen und Schafe. Die Karawane zog vorbei an schwarzen Zelten und bald auch an festen Behausungen mit Schöpfbrunnen. Man war der Wüste entronnen und wieder unter Menschen. Die Augen mußten sich langsam an Farben und feste Formen gewöhnen.

Von Gaza zweigte man nach Jerusalem ab. Einige Meilen vor der Stadt wurde ein Standlager aufgeschlagen. Niemand wollte sich im Zustand der Müdigkeit und Abspannung in der Hauptstadt zeigen.

Erst einmal mußte man sich von den Verkrustungen aus Sand und Schweiß reinigen, was während des Wassermangels unmöglich gewesen war und außerdem sinnlos, da Staub und Wind und Hitze täglich den mißfarbenen Schorf erneuerten. Jetzt aber galt es, von der Königin bis zu dem jüngsten Treiberjungen, sich zu waschen, zu putzen und zu schniegeln, um dem fremden Hof sowie auch dem neugierigen und spottbereiten Großstadtpöbel eine würdige Erscheinung zu bieten.

Trotz der in Stadtnähe zahlreichen Karawansereien zog man es vor, ein eigenes Lager aufzuschlagen, teils um dem Gegaffe der Reisenden, teils um dem in solchen Herbergen üblichen Ungeziefer zu entgehen. Wasser war im Gelände genügend vorhanden. Man lagerte an einem ansehnlichen Bach, und jeder Kamelbub schabte sich mit dem Eifer der Eitelkeit den Reisedreck vom Kopf bis zu den Zehen vom Leib.

Auch die Tiere wurden gestriegelt und gesäubert. Man strählte ihnen die verfilzten Zotten und ließ sie ohne Sattel und Zaum weiden, damit die wundgescheuerten Stellen abheilen konnten. Halfter und Geschirre wurden gereinigt und geölt, die Messingteile daran geputzt, bis sie in der Sonne funkelten. Außerdem schmückte man sie mit bunten Troddeln und polierte die Glöckchen. Aus den Teppichen, in welche die wertvollen Gastgeschenke für Salomo gewickelt waren, klopfte man den Wüstenstaub, bis sie wieder in ihren starken Farben leuchteten. Es ist unnötig zu sagen, daß sich nicht nur die wenigen Frauen kosmetisch aufschirrten, mit Augenschminke und allerlei Wohlgerüchen, auch das Mannsvolk gab sich mit ernstem Eifer dem Putze der eigenen Person hin.

In Jerusalem war man längst vom Eintreffen der Karawane aus Saba unterrichtet und wußte, daß der König zum vorläufigen Willkommen ein Ehrenaufgebot schickte unter dem Kommando eines jungen Schnösels von edler Herkunft, von dem es heißt, er sei »schön gewesen wie der Morgenstern, wenn der Tag anbricht, herrlich wie der Abendstern und liebreizend wie die Lilie an den Wasserbächen«. Und dann wird behauptet, die Königin habe ihn für Salomo selbst gehalten und sich stehenden Fußes in ihn verliebt. Das ist natürlich barer Unsinn und riecht förmlich nach Gossenphantasie. Erstens wußte die Königin sehr gut, daß Salomo kein schicker Jüngling mehr war, und sie stellte sich ihn auch nicht »liebreizend wie die Lilie an den Wasserbächen« vor. Sie hatte zudem kein

Verlangen nach ernsten Gesprächen mit einem flotten Schönling, der sich mit seiner gleichgearteten Schar in modischer Aufmachung auf feurigen Rossen produzierte. Sie nahm das Aufgebot als das, was es war: eine höfliche Aufmerksamkeit Salomos für die Gäste, die er selbst nach dieser notwendigen Rast im Palast feierlich empfangen würde.

Schließlich war es soweit. Man fand sich bereit und gerüstet, in Jerusalem einzuziehen und sich dem Gegaffe des allzeit zu Kritik und Sarkasmus aufgelegten Stadtvolkes zu stellen, das auch, dicht gedrängt, schon die Gassen säumte, aus den Fenstern hing und sich in halsbrecherischer Weise von den Flachdächern der Häuser hinunterbeugte. Es war klar, daß der Zug durch das Südtor kommen und die Straße nehmen würde, die in gerader Linie zum Palastportal führte.

Von der Gruppe der schönen Windbeutel umschnörkelt, die ihre bronzeschimmernden Rosse tänzeln ließen, zog die Karawane, um die noch eine Aura grenzenloser Sternennächte und sanderfüllter Winde war. Sogar die Dromedare schienen sich der Bedeutung der Stunde bewußt zu sein, bockten nicht und schnaubten nicht durch ihre Nüstern, sondern schritten in gemessener Gravität zwischen dem gaffenden und klatschenden Pöbel dahin, ungerührt und nicht abgelenkt durch den lauten Trubel, die fleischgewordene Dünkelhaftigkeit.

Die Torwachen, die gewöhnlich patzig und ordinär waren, fielen auf die Knie und berührten mit den Stirnen das Pflaster. Das Volk schrie sich heiser mit Hosianna-Rufen und dergleichen. Vor dem großen Tor des Palastes aber standen zwölf Bläser, sechs an jeder Seite, und stießen, als die Karawane in Sichtweite kam, in ihre Widderhörner. Ein Lautgedröhne von feierlicher Urtümlichkeit, das den Ankömmlingen wie den Gaffern kitzelnde Schauer über das Rückgrat trieb und ans Zwerchfell griff.

II

Der Empfang

Nachdem man den Gästen ihre Gemächer gezeigt
und ihnen Gelegenheit gegeben hatte, sich zu erfrischen und die Kleider zu wechseln, fand der große
Empfang statt, das Treffen des Königs mit der
Königin im Prunksaal des Palastes.

Der Raum bildete ein langes Rechteck. An der
Schmalseite, gerade gegenüber der Eingangstür,
befand sich der Herrschersitz auf einer Estrade,
zu welcher drei Stufen führten. Auf dem Thron
Salomo. Bei dieser Anordnung war die Königin
genötigt, durch die ganze Länge des Saales zwischen dem Spalier der Granden auf den König
zuzuschreiten. So hatte er es sich ausgedacht, um
den fremden Gast, der sich auf so außergewöhnliche Art eingeführt hatte, lange genug in Augenschein nehmen zu können, um sich auf ihn einzu-
stimmen.

Die Königin durchschaute die Inszenierung auf
einen Blick und reagierte voller Empörung, ge-
mischt mit Anerkennung. »Was nimmt sich der
Mann heraus, daß er mich durch seinen ganzen
Hofstaat Spießruten laufen läßt! Nun, ich werde es
ihm heimzahlen, daß ihm der Gaumen trocken
wird. Er wünscht sich ein Schaugepränge? Er soll
es haben! Ich verstehe auch etwas vom Theater!«

Kurz mußte sie sich zusammenreißen, aber nach ein paar Schritten beherrschte sie ihre Rolle. Statt verkrampft vor Verlegenheit die glatte, schimmernde Marmorbahn zu durchhasten, ging sie sehr aufrecht und mit zur Schau getragener Gelassenheit Schritt für Schritt auf den König zu. »Sieh einer die Frau an«, dachte er, »sie hat die Falle durchschaut und prompt entschärft! Ist sie jetzt wütend, oder hat sie den Königsspaß begriffen und spielt mit?«

An den Seitenwänden gafften die Hofschranzen, und das gewöhnliche Volk auf den Galerien riß die Mäuler auf. Es war totenstill im Raum. Salomo saß vorgeneigt, die Augen zusammengekniffen, was auf eine gewisse Kurzsichtigkeit schließen ließ. »Gut so«, frohlockte die Königin, »da habe ich noch ein paar Schritte Zeit, ihn zu betrachten, bevor er mich mustern kann!« War es doch beiden bis unter die Haut bewußt, wieviel von dieser ersten Beschau für den Verlauf des gesamten Besuches abhing.

Sie schaute genau. Sie sah gerade, breite Schultern, die aber nicht hieratisch wirkten, weil sie etwas vorgeneigt waren, wie es bei Menschen vorkommt, die viel schreiben, lesen und grübeln. Er war weder mager noch beleibt, rüstig, aber kein durch kriegerische Waffenübung gestählter Muskelprotz. Dichte, schwarzgraue Locken fielen ihm unter dem Kronreif ungebärdig in die Stirn, was ihm etwas Jugendliches gab und die Königin anrührte. Unter den gewölbten Brauen, die im gespannten Schauen hochgezogen waren, große, graugrün changierende Augen. Die Nase vielleicht eine Spur zu wuchtig, die Oberlippe leicht vorge-

wölbt. Darunter ein breiter, schön geschwungener
Mund, ganz leicht geöffnet. Die um Wachheit bemühten Augen und die lebendigen Lippen schienen zart über die Bilder hinzugleiten, die sie wahr-
nahmen. Sie zeugten von einem eingewurzelten
Trieb, die Dinge mit allen Sinnen zu erforschen.
Zusammen mit den leicht vorgebeugten Schulten
ergab es einen Ausdruck fragender Zuwendung zu
allen Erscheinungen der Welt.

Daß Salomo außergewöhnlich große und etwas
abstehende Ohren hatte, beeinträchtigte in keiner
Weise den Gesamteindruck, den die Königin mit
ihrem geübten und durch die besondere Anspannung noch geschärften Blick wahrnahm. Was sie
sah, gefiel ihr.

Als sie näher kam, so daß Salomo ihre Züge im
einzelnen betrachten konnte, sog er das Bild, das
sich ihm bot, ein. Die Erscheinung der Frau war
eher starkknochig als grazil, sicher einmal sehnig
schlank, jetzt altersgemäß üppiger. Sie hatte gerade
jenen Grad der Fülle, die man – zusammen mit der
aufrechten, keinen Deut nachgebenden Haltung –
majestätisch nennen konnte. Dazu die sparsamen,
sicheren Bewegungen ihrer gar nicht knöchel-
zarten, adernüberzogenen Hände, die für eine Frau
eher groß waren. Die dichte Fülle des schwarzen
Haares, das sie unter einem tiefblauen Schleier glatt
zu einem Knoten geschlungen trug, war von vielen
weißen Strähnen durchzogen. Das Gesicht lang,
fast überschmal. Schmalrückig auch die Nase, die
eine raubvogelartige Krümmung andeutete. Die
länglichen Nasenlöcher befanden sich – im Gegen-

25

satz zum Gesicht – in flügelnder Bewegung. Der Mund, ein wenig zu groß, war streng geschlossen, ohne verkniffen zu sein. Er fand eine merkwürdige Entsprechung in den schwarzen Brauen, die, ohne jede Wölbung, schnurgerade über der Nase zusammenwuchsen. »Wie ein Riegel, der dieses Gesicht verschließt«, dachte Salomo. Dann aber sah er die Augen. Die Augen widersprachen diesen strengen Zügen in einer ans Herz greifenden Weise, und er begriff, daß jemand, der solche Augen hatte, sein Gesicht streng halten mußte.

Es waren die Augen einer Gazelle. Groß, länglich und von einem goldenen Braun, das in einem Film von Feuchtigkeit schwamm; sanftmütig und von unheilbarer Verletzlichkeit. Salomo ging das ins Gemüt, und er dachte: »Mit welchem Widerspruch zwischen Verstandesklarheit und Gefühlsdrang muß diese Frau zu kämpfen haben!« Sicher, es gab solche Rehblicke auch unter seinen Haremsgespielinnen, aber in deren spannungslosen Gesichtern waren sie nichts als eine Aufforderung zum Streicheln und beschwichtigenden Brummen. Diese Frau da verbat sich solch unverbindliches Hätscheln. Sie sieht nach geübter Vernunft und unerbittlicher Wachheit aus. »Für sie sind solche Augen verräterisch, man begreift, daß sie sich verriegeln muß.«

Salomo war so bewegt, daß er seine schlaue Inszenierung über den Haufen warf. Er stieg die Stufen hinunter, ging auf die Königin zu – ein wenig zu hastig, meinten die Gaffer – und streckte ihr beide Hände entgegen, die sie in die ihren

26

nahm. Sie blickten einander an. Sie atmeten tief auf. Es war natürlich kein lautes Lufteinziehen, das die Beklommenheit in einem vulgären Aufschnaufen löst. Die beiden Königlichen hielten fest an der von ihnen erwarteten Form, gegen die sie nur einen Augenblick verstoßen hatten.

Durch den Eingang des Saales hatten sich Dienerschaft und Küchenpersonal hereingedrängt und auch ein paar Frechere von der Gasse, um den Auftritt nicht zu versäumen. Sie bejubelten die »schöne Szene« und klatschten in die Hände; sie hatten Sinn für dergleichen. Die an den Seitenwänden befindlichen Schranzen spendeten ebenso Beifall, wenn auch in diskreterer Form mit angedeutetem Applaus und wohlgefälligem Schnalzen. Keiner ahnte auch nur im entferntesten, wie heftig der lautlose Sturm war, der Salomo und die Königin erfaßt und die Saiten ihrer Nerven ins Schwirren gebracht hatte. Jetzt waren es nur noch zarte Nachwehen, ein tief beruhigtes Ziehen im Zwerchfell. Ihre Augen ruhten ineinander mit Wohlgefallen.

Oder sollte man das Wort »Gefallen« der Jugend vorbehalten, wo man es mit Schönheit koppelt? Reden wir bei den beiden also lieber von Sympathie; ein warmes Gefühl der Sympathie für den anderen breitete sich in Sinnen und Nerven aus und befriedete das aufgewühlte Gemüt.

Beim Austausch der fälligen Höflichkeiten erwies es sich dann noch, daß Salomo über einen warmen Bariton verfügte. Die Stimme der Königin war ein voller, heiser angehauchter Alt, in dessen Hintergrund leise Ironie mitschwang.

Die Anwesenden waren – wie schon gesagt – mit geöffneten Mäulern dem Geschehen zugespannt, und die Ereignisse wurden umgehend der Gasse übermittelt: Salomo sei der Königin über die Thronstufen entgegengelaufen und beide hätten einander, liebäugelnd, an den Händen gepackt.

Eine kleine Steigerung der Tatsachen zwar, aber wen kümmert das schon? Der Pöbel will es saftig, und maulfertig, wie er ist, spinnt er im Handumdrehen ein sattes, die Gaumennerven kitzelndes Gerücht zum Weitererzählen und Kommentieren. Die subtile Beziehung zwischen Mann und Frau allein als Paarung der Körper. Mit der hohen Lust, sich mit Gedanken und Worten zu umarmen, kann das Gassenvolk nichts anfangen. Es schiebt verächtlich die Unterlippe vor und entläßt eine pralle Zote.

III

Spielende Weisheit

Die Königin zog die Zeit der Erholung von den Strapazen des Wüstenrittes nicht hinaus. Im Gegenteil: bereits am dritten Tag nach der Ankunft wurde sie unruhig. Es war zwar nicht die Spannkraft der Jugend, die körperliche Belastungen rasch überwindet, sondern es war Neugier. Neugier auf Salomo, dessen Anblick sie beim Empfang tief und anhaltend berührt hatte. Hier auf dem Diwan in ihren bequemen Räumlichkeiten sich zu rekeln ödete sie an, und bald hatte sie auch genug von den salbenden und massierenden Händen der Zofen, die an ihr herumwerkten. Sobald sie das Nachschaukeln des Kamelritts aus Gebeinen und Nerven hatte, ließ sie den König wissen, daß sie zu allem bereit sei.

Zu allem! Was war dieses Alles? – Offiziell war sowohl in Jerusalem als auch in Saba verbreitet worden, die beiden Regenten seien zusammengekommen, einige strittige Punkte ihrer Handelsbeziehungen zu klären. Doch dem Hof war bewußt, daß diese Beziehungen problemlos abliefen und daß für eventuelle Schwierigkeiten hohe Beamte zuständig waren, die die Sache in Ordnung bringen würden – für die Königin beispielsweise Gamal. Weder in Juda noch in Saba wurden mit so etwas die Könige belästigt.

29

Es gab also niemanden, weder am Hof noch auf der Gasse, der auch nur ein Wort der offiziellen Version glaubte. Aber konnte man dem Volk, vom Höfling bis zum Marktweib, beibringen: Wir beide sind zusammengekommen, um miteinander über Dinge, die uns wichtig sind, zu reden, die Meinung des anderen zu erfahren? Was ist dem Mann auf der Straße schon wichtig? Handel, Politik, ein bißchen Krieg und über allem das einzige Vergnügen, das sich der Niedrigstgestellte und der Höchstgestellte in derselben derb erfreulichen Weise leisten konnte: der Beischlaf! In diese Richtung wurde auch allerorts gerätselt und geschnattert. Nicht etwa über das Ob. Das war unbestritten. Nur über das Wann und Wo. Denn über soviel Vorstellungskraft verfügten die Leute: daß die Lustbarkeit zwischen Königlichen inmitten eines Palastes, wo Trauben von Bediensteten an jedem Schlüsselloch hingen, nicht ganz so einfach war wie bei ihresgleichen.

Salomo hatte die Königin zu einer privaten Zusammenkunft in sein Arbeitskabinett gebeten, und sie kam. Sie kam allein, ohne die von der Hofetikette vorgeschriebene Begleitung durch eine Zofe. Der König bemerkte es mit Befriedigung und einem stillen Staunen über den Mut der Frau. Das hatte er sich gewünscht, aber nicht zu hoffen gewagt: ein Zwiegespräch zwischen zwei Alten, bei dem man seine Einfälle und Worte nicht den Ohren eines Dritten anpassen mußte, der jede Silbe, jede Geste herumerzählen würde, ausgeschmückt mit den überbordenden und recht eingleisigen Ausschmückungen der Volksphantasie.

Die Königin betrat einen prunklosen, behaglichen Raum, dessen Wände großteils mit Regalen verstellt waren, die Buchrollen enthielten. Ein ausladender Tisch, der Licht vom Fenster bekam, war mit Schreibsachen überladen. Sonst nur noch ein niedriges Taburett mit ein paar Sitzpolstern. Dort ließen sich die beiden bei einer Kanne heißen Minzegetränks nieder.

Die Begrüßung ging formlocker vonstatten, fast so, als wären sie einander schon oftmals begegnet. Doch der Schein trog. Keiner von beiden war frei von nervöser Spannung. Nachdem sie sich zurechtgesetzt hatten, sahen sie sich nur einen Augenblick an, und jeder suchte hastig nach einem Blickfang irgendwo im Raum. Beiden hatte es plötzlich die Rede verschlagen. Dabei hatte jeder dieses Zusammentreffen zu zweit in langen Phantasien durchgespielt, im Geist Gespräche geführt mit Witz und Eloquenz. Und jetzt, wo sie einander in Fleisch und Bein gegenübersaßen und nichts und niemand störend dazwischentrat, befiel sie eine Leere des Gehirns, eine Lähmung der Zunge, die von Minute zu Minute peinlicher wurde.

Als Gastgeber mußte Salomo wohl den Anfang machen. Hohlen Geistes krallte er sich an die Redeschnörkel der üblichen Konversation: über das werte Befinden, über die in Jerusalem herrschenden Hitzetage; »aber daran werdet Ihr von Saba her ja gewöhnt sein«, brachte er heraus.

»Das schon, an die Hitze bin ich gewöhnt«, nahm sie den dürren Faden auf und spann ihn wei-

31

ter mit der Feststellung: »aber bei uns ist die Hitze trockener als in Jerusalem, scheint mir.«

»Da habt Ihr recht, hier ist die Luft feucht, und das bringt eine gewisse Schwüle mit sich, die nicht jedem bekommt.«

So ging es holpernd dahin. Es steht fest: den beiden Redegewandten fiel nichts ein. Ihre Köpfe waren ausgewischt wie Räume, in denen gründlich sauber gemacht worden ist. Gestocktes Schweigen türmte sich zwischen ihnen auf.

Da kam auf lautlosen Pfoten mit steil hochgerecktem Schwanz ein schwarzer Kater aus einer Ecke, in der er geschlafen haben mochte. Er rieb sich an Salomos Beinen, blickte mit großen, grünen Augen die Königin an und sprang ihr unerwartet auf den Schoß. Dort rollte er sich ein und verfiel in zufriedenes Schnurren. Als ihm die Königin mit der Hand über das Fell fuhr, sträubte es sich knisternd.

»Das tut er sonst nicht«, sagte Salomo, »er ist Fremden gegenüber sehr zurückhaltend.«

»Katzen und Hunde gehen mir zu«, nahm die Königin dankbar das Gespräch auf, »dabei mag ich Hunde gar nicht ... wie sie ihre Schnauzen in jeden Unrat stecken und einem dann in leidenschaftlicher Zudringlichkeit das Gesicht lecken wollen ...«

»Der größte Unterschied zwischen Hund und Katze ist des ersteren Begehren nach Devotion, sogar bei schlechter Behandlung, während Katzen eine manchmal fast dünkelhafte Reserve zeigen, mag man sie noch so hätscheln und locken.«

Das Gespräch begann zu fließen, aber gar nicht in die gewünschte Richtung, sondern in die Sackgasse der Konversation nach dem Muster der Hofgesellschaften, die beide verabscheuten. Die Königin war nicht gesonnen, es darauf hinauslaufen zu lassen. Die schwarzen Balken der starken Brauen runzelnd, fuhr sie mit aufgerauhter Stimme auf: »Da soll doch der Scheitan! Bin ich altes Huhn denn die ganze Weihrauchstraße auf dem Kamel geschwankt und geschaukelt mit durchgerütteltem Gebein und Gehirn, um jetzt mit Euch die Charakterverschiedenheiten von Hund und Katz zu erörtern? Dazu hätte ich mich nicht einen Schritt von meinem Hof entfernen müssen! Das Schwatzen gehört dort, wie wahrscheinlich auch hier, zum guten Ton. Nur ja nichts Wichtiges ins Gespräch bringen, das wäre ein unverzeihlicher Verstoß.«

»Dem Himmel sei gedankt«, seufzte Salomo, »für Eure freizügige Auffassung der Etikette, damit habt Ihr den ganzen Plapperunfug vom Tisch gewischt. Und eben Eure außergewöhnliche Freizügigkeit in Bezug auf die artige Hofsitte, dieser Ruf ging Euch voraus, war auch der Grund, der mir Lust auf den Umgang mit Euch gemacht hat. Ich schätze es sehr, wenn eine – noch dazu hochgeborene – Dame ihr Temperament nicht hat ersticken lassen in der steifen Sittsamkeit höfischer Erziehung. Dazu gehört Mut und Persönlichkeit.«

»Lobt nicht meinen Mut. Ich hatte nur eine schlechte Erziehung. Und das ist meine eigene Schuld, nicht die der damit Betrauten. Ich habe

33

mich schon von klein auf gesträubt gegen jede Form der Zucht.«

»Ihr seid also ein, wie man sagt, ein schwieriges Kind gewesen, das gegen die unerbittliche Glättung seiner äußeren Person – und nur diese zählt ja in der vornehmen Gesellschaft – aufgemuckt hat?«

»Ja, das habe ich! Lautstark und verbissen.«

»Verzeiht mir, Königin, dann die Frage, was Euch an meinen ›Sprüchen‹ gefallen hat, die doch jene Sitten und Artigkeiten empfehlen, gegen die Ihr, wie Ihr selbst berichtet, in der Jugend aufgebockt habt?«

»Die ›Sprüche‹ als Ganzes haben mich auch nicht gefesselt. Ein solches Tugendbuch gibt es in jedem Land der zivilisierten Welt. Was mich um meine – im Alter ein wenig langweilige – Ruhe gebracht und entzückt hat, war eine satte Abschweifung, die Ihr Euch in der Einleitung geleistet habt. Dieser Passus hat es mir angetan. Ich habe ihn so oft gelesen, daß ich ihn auswendig hersagen kann.

Ihr nennt die Weisheit die ›Erstgeborene der Schöpfung‹, ein Kind, das Gott zu Füßen sitzt und mit den Menschen spielt, und Ihr laßt das Kind sprechen: ›Da war ich der Liebling an Jahwes Seite, war Tag für Tag sein Ergötzen, indem ich die ganze Zeit vor ihm spielte … spielte auf dem weiten Rund seiner Erde und hatte meine Lust mit den Menschenkindern‹, habe ich richtig zitiert? Es spielt mit uns, das Kind, und Gott hat seine Freude daran. Gut, vom formalen Gesichtspunkt aus fällt die Stelle aus dem Zusammenhang, das muß gesagt werden. Aber das berührende Bild selbst: Gott, an der Schöpfung arbeitend, das Mädchen zu seinen Füßen, das sich spielend umtut mit seinen Geschöpfen – dieses Bild ist es wert, aufgeschrieben zu werden. Mir persönlich ist es jedenfalls hundertmal lieber als das von der greisen Weisheit in den ›Sprüchen‹ selbst, die auf der Gasse sitzt und den Jünglingen mit Tugendvorhaltungen zusetzt, vor allem damit, daß sie sich vor den Frauen hüten sollen, die überall auf sie lauern, um sie um ihr Geld oder ihre Kraft zu bringen.«

»Gerade aber die, die Weisheit als alte Grämlerin, hat meinen Schriftgelehrten gefallen. Die ließen sie gelten. Über das Kind rangen sie die Hände. Das Harmloseste, worauf sie mit spitzen Zeigefingern wiesen, war noch die Deplaziertheit der Stelle. Das mußte ich ihnen auch zugestehen. Es paßt gar nicht in die Sprüche und verstößt gegen die ernste Stimmung moralischer Regeln für die Jünglinge. Es war mir bereits klar, wie ich es geschrieben habe. Aber ich habe es nicht lassen können, obwohl ich genau wußte, daß es mir und dem Werk schaden könnte. Versteht Ihr, daß man einen guten Einfall nicht verkommen lassen kann, obwohl man den Krakeel voraussieht, den er entfesseln wird?«

»Ich verstehe sehr gut. Es geschieht ja auch im Gespräch, daß man mit etwas herausfährt, wovon man genau weiß, sie werden es einem übel nehmen. Ich kenne das. Da schießt einem eine schöne Idee durch den Kopf, und man soll sie abwürgen, nur weil sie ungewöhnlich ist, und das Ungewöhnliche ist in der guten Gesellschaft immer dubios. Ich selbst glaube ja insgeheim, daß gerade diese ver-

35

dächtigen Ideen einen besonderen Sinn haben, ja, verzeiht das Pathos, einem von höherem Ort eingeblasen werden, auch wenn sie auf die verkniffene Mißbilligung der Leute stoßen, die sich die Ohren gegen dieses numinose Geflüster verrammelt haben. Warum? Weil es beunruhigt, Sachen in Frage stellt, die man nicht aufzurühren wagt.«

»Ihr wißt gar nicht, wie gut es mir tut, daß Ihr über meine schriftstellerischen Ausartungen so wohlwollend, ja direkt schmeichelhaft urteilt, daß Ihr diesen Windeiern noch einen höheren Sinn zugesteht. Es wiegt das Kritteln und Zanken meiner welken Tugendrichter und Buchgelehrten auf. Seid bedankt dafür. Dieses Gespräch allein rechtfertigt, für mich jedenfalls, Eure ganze mühselige Reise hierher. Ich kann nur hoffen, daß Ihr ähnlich empfindet. Ebenso denkt über Etikette und dürre Form wie ich!«

»Ich glaube sehr, daß dem so ist, und ich höre gern, daß Ihr mich als Gegengewicht zu Euren gelehrten Nörglern gelten laßt. Ich kann mir lebhaft vorstellen, daß Euch bei der üblichen Beschreibung der Weisheit, die bittere Ratschläge gibt, die Lust angekommen ist, die Alte zum spielenden Kind zu machen.«

»Ja, so war es auch. Ich konnte mir die Freude nicht versagen, obwohl mir natürlich bewußt ist, daß die Greisin recht hat, weil sie nach ihrem langen Leben das menschliche Elend kennt, das verdiente und das unverdiente, weil sie, von Sorge und Erbarmen geschüttelt, die Jugend warnt und ihr jede Lust verleidet.«

»Natürlich hat sie recht. Aber umso schöner ist das Bild der kleinen, spielenden Weisheit zu des Schöpfers Füßen. Sie ist noch nicht durch die Steinmühle der Wirklichkeit gegangen, sondern sie spielt mit uns zu ihrer und Gottes Lust. Aber irgendwie bedenklich ist es doch.«

»Was ist bedenklich am Spiel des Kindes?«

»Habt Ihr schon Kindern beim Spielen zugesehen? Wie sie hantieren mit den Dingen ohne den lästigen Hemmschuh von gut und böse, richtig oder falsch und ohne das Erbarmen, diese traurige Verleidung des freien Spiels. Da hat ein Kind etwa eine Nußschale bemannt mit Steinchen, setzt sie ins Wasser einer Gosse und sieht zu, wie das Schiffchen schaukelt und kämpft und schließlich kentert mit Mann und Maus. Es schaut zu mit Aufmerksamkeit, mit Spannung und ohne den Drang, helfend einzugreifen. Nicht, weil es grausam ist, sondern weil seine Zuwendung zu den Geschöpfen der Welt ausschließlich Neugier und Wissensdurst ist, ohne Kummer, Teilnahme, Verantwortung, Haß oder Liebe. Aber ich rede schon wieder zuviel.«

»Gott sei's gedankt, daß Ihr redet. Ist es doch wie Milch und Honig für meine Ohren, die von der ätzenden Lauge meiner Kritiker entzündet sind, und Balsam für mein spielsüchtiges Herz, das Ihr versteht und dem Ihr verzeiht.«

»Wie aber, wenn Eure Kritiker das kindliche Spiel, das mitmischt in der Schöpfung, nicht wahrhaben wollen, wie erklären sie sich dann die unleugbare Tatsache, daß es im Menschenleben alles andere als planvoll und vernünftig zugeht? Wie drehen und gängeln sie alle Niederträchtigkeiten, die man tagtäglich aushalten muß, in einem moralischen Schema, wo das Gute und Rechte belohnt, das Böse und Falsche aber bestraft wird?«

»Da berührt Ihr die heikelste Stelle, Königin. Sie können es drehen und gängeln und bürsten gegen den Strich, heraus kommt eine bequeme, vielleicht sogar eine barmherzige Lüge.«

»Die man nicht wahrhaben möchte aus Wehleidigkeit. Es ist so tröstlich, wenn man sich Gott wie einen gerechten Vater vorstellt. Das Leben wird dadurch zwar zu einer permanenten Sittenprüfung mit Strafe und Belohnung je nach Verhalten, aber man kennt sich aus, was einem wofür blüht.«

»Und begnügt sich damit, die Augen zuzukneifen, wenn man sieht, wie ein Schurke im Glück praßt und der Tugendhafte in der Asche sitzt.«

»Dann schieben sie alles in die Zukunft. Nach dem Tod wird alles zurechtgerückt werden, Himmel und Hölle.«

»So kann der Brave, der im Elend lebt, auf künftige Freuden hoffen, und der prassende Schuft hat manchmal Alpträume. Ich mache meinen Priestern und Schriftgelehrten keinen Vorwurf daraus, wenn sie mit diesen Märchen das ratlose, gequälte Volk beschwichtigen. Die Leute brauchen das, um ein Menschenalter durchzustehen. Gäbe es diese schöne Lüge von der künftigen Gerechtigkeit nicht, wie stünde Gott dann da? Als einer, dem seine Geschöpfe gleichgültig sind, Spielzeug für Kinder, außerhalb von gut und böse.«

»Ich habe den starken Verdacht, daß es so ist. Ich glaube es nicht gern, aber seit ich alt bin, mache ich mir nichts mehr vor in den wesentlichen Dingen. Was uns belebt und manchmal sogar beglückt – aber ebenso, was uns leiden macht –, kommt von Gott. Aber Glück wie Unglück sind nicht die göttliche Antwort, Belohnung oder Strafe auf unser Verhalten. Unter uns gesagt: wenn Gott uns Menschen einem Kind zum Spielen gibt und sich selbst dabei unterhält, dann bleibt ja allerhand an diesem Gott hängen!«

»Ins Ohr flüstere ich Euch, es soll nur etwas hängen bleiben an ihm.«

Die beiden schwiegen eine Weile und hingen diesem aufrührerischen Gedanken nach. Dann sagte die Königin, immer noch mit gedämpfter Stimme:

»Ja, ich verstehe, was dieser Gedanke für Euch bedeuten muß – Trotz und Schwermut zugleich. Mit unseren Göttern haben wir es leichter. Sonne, Mond und Attar, der Morgenstern. Die ziehen ihre ewigen Kreise hoch über dem Menschengewimmel ohne jede Absicht und ohne jedes Interesse für das, was auf der Erde geschieht und wie sich einer zum anderen verhält. Dafür haben wir die irdischen Gerichte, die allerdings halbblind sind. Aber von Eurem Gott erzählt man sich, daß er die Menschen nicht nur geschaffen hat, sondern sich auch um jeden einzelnen kümmert und – wie ihr Juden überzeugt seid – Euch unter vielen auserwählt hat, wie ein Vater unter allen im Stamm seine eigene Sippe vorzieht, aber nicht nur in der Zuwendung, sondern auch in der Zumutung. Das gereicht Euch

39

ja zur Ehre, und die erwählte Brut ist stolz auf einen solchen Hirten. Aber ein guter Hirte lenkt nicht nur die Herde, er beschützt sie auch. Ist aber ein Gott, der sich daran ergötzt, wenn ein Kind mit seinen Geschöpfen spielt, noch ein Lenker und Behüter der Herde?«

»Nein, Königin, das ist er nicht. Das haben sich die Priester so ausgedacht, um die Menschen bei der Stange zu halten. Trost und Einschlafgeschichten, um sie vor der fürchterlichen Erkenntnis zu bewahren, daß Gott zwar ein Schöpfer, ein Erzeuger, doch kein Vater ist, der es streng, aber gut meint mit seinem Genist. In allererster Linie ist er ein Künstler. Und daß seine Geschöpfe nicht leblose Figuren sind wie in einem Brettspiel, sondern Herz und Nerven haben, Sinne zu fühlen und einen Kopf zu kennen, daß sie sich umtun in der Welt und Geschichten machen, gute und böse Geschichten, daran hat er nicht gedacht, oder es war ihm gleich. Vielleicht hat er sogar damit gerechnet. Für ihn ist es ein unterhaltsames Schaugepränge, was sich tut unter uns. Deshalb mein Groll und meine Traurigkeit!«

»Ich verstehe Euch, obwohl die Menschen bei uns und in den übrigen Ländern, soweit ich sie kenne, nicht so hohe Ansprüche stellen an die Götter und sich mit Märchen begnügen, wie die Welt entstanden sein könnte, Geschichten mit Welteiern, die aufspringen und allerhand Lebendiges aus sich heraus gebären. Die Vorstellung vom Vater hat viel Erhebendes für sich, und die andere Vorstellung, daß er gar kein Vater sei, sondern etwas wie ein Künstler, der eine kühle Distanz hat zu seinem Werk, ist ja vermutlich richtig, aber schwer hinunterzuwürgen. Lebendige Spielfiguren!«

»Ja, lebendige Spielfiguren, das ist es. Und meine Priester und Schriftgelehrten haben irgendwie recht, wenn sie sich gegen diese Stelle in den ›Sprüchen‹ auflehnen und mir allerhand Kränkendes nachsagen. Denn es ist eine Sicht, die man den Menschen ersparen sollte, weil sie sonst in der Knochenmühle des Lebens jeden Halt verlieren.«

»Was die Menschen angeht, habt ihr hundertmal recht, und was Gott uns antut, wenn er uns nicht an sich heranläßt, ist von unserem Standpunkt aus grausam und ohne jede Barmherzigkeit. Da spinnt er aus dem wühlenden Chaos seine Fäden, webt sie zum großartigen Teppich der Welt und belebt sie mit Wesen aller Art, Pflanzen, Tieren und Menschen und gibt ihnen das Leben, ein schlagendes Herz, wache Sinne, und wofür? Wer ist da, das Werk zu sehen, zu bewundern, sich daran zu freuen? Die Menschen können es nicht. Die Engel stelle ich mir phantasielos vor mit ihrem Tugendgemaule, und der Satan hat nur Freude daran, uns zu verführen zu all dem Unsinn, der uns schadet, und daran, die Geschöpfe Gottes vor dessen Augen schlecht zu machen. Aus Neid wahrscheinlich, weil er selbst zu kleinlich und einfallslos war. Seht Ihr, Salomo, was ich meine?«

»Einsamkeit?«

»Ja. Gott muß sehr einsam sein. Die kleine Weisheit hat er sich geschaffen zur Gesellschaft, und er erfreut sich an den Geschichten, die sie mit den Menschen spielt, weder um ihnen zu nützen noch zu schaden, wie das der Teufel und die Engel tun, sondern um des Spielens willen, mit Witz und Phantasie.«

»Unterhaltend und anregend ist es, mit Euch zu reden, Königin. Und wenn es Euch recht ist, lassen wir es für heute gut sein. Ich kann Euch nicht genug dankbar sein, daß Ihr meiner Einladung gefolgt und die beschwerliche Reise in Kauf genommen habt. Ich kann mich ja nicht wegrühren aus Jerusalem, ich muß meine Schriftgelehrten, Priester und Leviten an der Kandare halten, und auch mein Volk neigt zu Aufsässigkeiten, oft genug der Dinge wegen, über die wir uns gerade unterhalten haben. Bei den Euren ist offenbar die Gefahr geringer, daß sie der Sterngötter wegen ausarten?«

»Sie sind im allgemeinen friedlich und kümmern sich mehr um den Handel als um Gottesgeschichten.«

In den Küchen Jerusalems, wo die Gerüchte in kupfernen Töpfen sotten, sprach sich herum, daß sich die Königin von Saba auffallend lange und noch dazu ohne Begleitung durch eine Zofe mit Salomo »unterhalten« habe.

IV

Er will im Finsteren wohnen

»Seid Ihr schon soweit erholt, Königin, daß Ihr
Euch eine kleine Mühe zumuten könnt«, fragte
Salomo am nächsten Morgen, »ich würde Euch
gerne – ehrlich gesagt: ich brenne darauf, Euch
mein eigentliches Lebenswerk zu zeigen: den Tempel Jahwes, unseres Gottes. Ich habe ihn gebaut,
damit er auf Erden eine Wohnstatt habe, um ihm
durch Opfer und Gebet zu dienen und ihm einen
würdigen Ort zu geben, falls es ihn das eine oder
andere Mal danach gelüstete, herabzusteigen zu
seinen Geschöpfen.«

»Ich weiß von Eurem Tempel. In der zivilisierten
Welt gilt er als Wunder. Sieben Jahre habt Ihr daran
gebaut, nicht wahr? Ich bin begierig darauf, ihn zu
sehen und nehme gerne jede Anstrengung dafür in
Kauf!«

»Es schickt sich gut, daß in wenigen Tagen Passah
gefeiert wird. Deswegen sind Menschen aus ganz
Israel in die Stadt gekommen, von jeder Sippe jedes
Stammes mindestens einer. Es wird im Tempel so
ein Getriebe herrschen, daß der einzelne kaum auf-
fällt und keiner uns erkennen wird. Natürlich werden wir nicht in der Aufmachung des Hofes daher-
kommen, sondern als einfaches altes Paar. Oder
würde Euch das stören?«

43

»Nicht im geringsten! Habe ich doch selbst die Gewohnheit, in den Lumpen einer Bettlerin durch den Basar von Marib zu streunen und zu hören und zu sehen, wie meine Leute wirklich leben und denken. Man erfährt dabei vieles von dem, was Thronenden verschwiegen wird – aus höflicher Schonung oder aus politischer Berechnung.«

Salomo hätte jedem seiner Besucher aus fremden Ländern, seien es Fürsten oder deren Stellvertreter, seinen Tempel gezeigt, einfach aus Freude und berechtigtem Stolz auf sein Werk. Beifall und Bewunderung von seiten der Beschauer erwartete er als Selbstverständlichkeit. Bei der Königin von Saba aber verhielt es sich anders. Er wußte, daß diese Frau mit Pracht und Kostbarkeiten nicht zu blenden war; daß ihre Augen und Gedanken nach dem suchen würden, was sich hinter der prunkvollen Fassade verbarg, und daß sie es sich nicht würde nehmen lassen, in der ihr eigenen eindeutigen Sprache darauf hinzuweisen, ohne Rücksicht auf höfische Bemäntelung. All die Jahre seit der Fertigstellung seines Werkes hatte Salomo auf das Urteil solch unbestechlicher Augen und eines so klaren, sachlichen Verstandes gewartet, wie sie der Königin aus Arabien zu eigen waren; das hatte er bereits nach dem ersten Gespräch erkannt.

Er führte also seinen aufmerksam um sich schauenden Gast in die riesige Vorhalle seines Tempelgebäudes, in der es von Menschen aller möglichen Herkunft und Religion wimmelte; der Vorhof durfte ja auch von Landesfremden nicht jüdischen Glaubens betreten werden. Händler hatten hier ihre Verkaufsstellen, an denen Opfertiere aller Art zu erhalten waren, von der Taube bis zum fetten Widder, je nach dem Vermögen des Käufers.

In der Halle herrschte ein ohrenbetäubender Lärm: das Geschrei der Händler und Käufer mischte sich mit dem Gackern, Blöken und Brüllen der verängstigten Tiere. Es war kein Ort, an dem feierliche Stimmung aufkommen konnte.

Aber sobald man den eigentlich sakralen Bereich betrat, waren der durchdringende Lärm gedämpft, die Stimmen zu einer gleichförmigen Geräuschkulisse geworden, so daß das Schauspiel, das sich da entfaltete, von der Königin neugierig und mit Andacht aufgenommen werden konnte.

Dieser Raum erst zeigte die wahre Pracht des Gotteshauses. Ausgesuchtes Zederngebälk, mit Schnitzwerk versehen und vergoldet. Viel Gold und Silber an den Geräten. Priester verschiedenen Ranges in weißen Gewändern verrichteten die Opferhandlungen mit feierlich gemessenen Bewegungen, uralten Ritualen gemäß, die zurückreichten in die Zeit der großen Wanderschaft, der Flucht aus Ägypten.

Hier sah die Königin den riesigen Flammenrost des Räucheraltars, die zehn Leuchter aus purem Gold und das »eherne Meer«, ein von zwölf Bronzetieren getragenes Wasserbecken, das von einer Quelle gespeist wurde, die dem Felsgestein entsprang, auf dem der Tempel ruhte. Hier konnten die Priester ihre Hände, die fett und blutig vom Schlachten der Opfertiere waren, in frischem, lebendigem Wasser reinigen, wie es vorgeschrieben war.

Dies alles nahm die Königin mit größtem Interesse in sich auf. Salomo erklärte ihr ausführlich die fremden Zeremonien. Sie war still, hörte zu und schaute. Als ihre Augen sich an das Halbdunkel gewöhnt hatten, verharrte sie und sah sich fest an einem vielfarbigen Vorhang im Hintergrund des Raumes, entrückt der bunten Szenerie des Opfergeschehens und dessen schimmernder Feierlichkeit. So, als hätte »das« hinter diesem Vorhang keinen Anteil am Treiben des großen heiligen Schlachtens, Ausblutens und Verbrennens. Etwas Unergründliches, das sich ihrem Willen entzog, hatte die Königin gefangengenommen, ein stummer, ziehender Sog, der durch das schwere Gewebe des Vorhangs die Sinne noch mächtiger ergriff, als wenn der Raum, den er verhüllte, den Augen zugänglich gewesen wäre.

»Was ist es, das dieser Vorhang so eifersüchtig dem Blick entzieht?« fragte die Königin.

»Es ist das Allerheiligste. Auch dem König ist der Zutritt zu diesem Raum verboten. Nur an einem bestimmten Tag im Jahr darf der Hohepriester ihn kurz betreten, verhüllten Hauptes. Es ist finster darin. Nicht die Finsternis einer mond- und sternenlosen Nacht, sondern die Finsternis, die im All geherrscht hat, ehe Gott das Licht schuf, so sagt man.«

»Und was verbirgt dieser auf seine Art dunkle Raum?«

»Die Bundeslade mit den Gesetzestafeln, die Moses während der Flucht aus Ägypten nach dem Diktat des Herrn in Stein gemeißelt hat.«

»Und auch ein Abbild dieses Gottes, den Ihr Juden als den Einzigen anbetet und dessen Erwählte zu sein ihr glaubt unter den Völkern der Welt?«

»Nein, kein Abbild. Es ist eines unserer strengsten Gebote, daß Er nicht – in welcher Form auch immer – abgebildet werden soll. Anderswo stehen Götterstatuen, aber Er sprach zu Moses, Er wolle im Finsteren wohnen. Doch es ist nicht die gewöhnliche Finsternis, wohin man geht, wenn man etwas zu verbergen hat.«

»Ein schwieriger Gott«, dachte die Königin. Sie konnte sich dieser dunklen Kraft nicht entziehen, die von dem verhüllten Raum ausging. Ein Schauer überrieselte sie und stach in den Haarwurzeln, wie wenn man in einen bodenlosen Abgrund schaut.

Salomo merkte, wie blaß sie geworden war, und Stolz erfüllte ihn und prickelte unter seiner Haut. Leise sagte sie zu ihm: »Wie klar und einfach sind dagegen unsere Götter. Kreisende Planeten. Auch sie halten Abstand von uns Menschen, ziehen hoch und unberührbar durch das All. Aber man kann sie wenigstens von Ferne sehen, sie leiten uns in der Nacht durch die Wüste, und man kann sich auf ihre Bahn zwischen Auf- und Niedergang verlassen. Es gibt auch keine Geschichte der Schöpfung. Unser Gottsdienst ist einfach. Es bedarf bei diesen nüchternen Göttern, deren Sinn für den Menschen nur die Verläßlichkeit der Bewegungen, die Orientierung ist, nicht dieser großartigen Inszenierung. Denn so erscheint mir Euer Tempeldienst: wie eine großartige Inszenierung in seiner baulichen Pracht und im Ritual, das Hunderte von Priestern feierlich vollziehen. Es läßt mich an Theater denken! Theatralische Sättigung der Sinne, vielleicht weil diese durch die heikle Unsichtbarkeit und Bilderlosigkeit Eures Gottes zu kurz kommen. Wenn ich Theater sage, meine ich das nicht abfällig, wie ein Spektakel, ich meine es im heiligen Sinn des Wortes. Und am Schluß steht man vor dem Vorhang, der das Wesentliche verhüllt. Erst Rausch und Ekstase und dann ein Verzicht.«

»Ein Verzicht, der die Ehrfurcht steigert, daß sie fast die Seele sprengt.«

»Aber ich verstehe immer noch nicht, warum Euer Gott – oder Moses in seiner Vertretung – so streng verboten hat, sein Abbild zu machen.«

»Warum es uns verboten ist, von unserem Gott ein Abbild zu machen? Denkt einmal! Was ist ein Abbild?«

»Ein Abbild ist eine Form gewordene Vorstellung von der Gottheit, die durch die Sinne aufgenommen werden kann und daher Gott den Menschen zugänglicher macht.«

»Eben das ist es, was wir oder Gott selbst, der es Moses zuflüsterte, vermeiden wollen: ihn den Sinnen ausliefern. Was tun die Völker mit den Figürchen, die ihre Götter vertretungsweise darstellen? Sie gaffen, riechen, tasten sie ab. Es hat etwas – geistlich gesehen – Niedriges. Ich habe nichts gegen die Sinne, sie bereichern mich, ich eigne mir durch sie etwas von der Schöpfung an. Aber ich weiß, daß man den Schöpfer nicht dem Zugriff der Sinne aussetzen darf, denn die Sinne haben etwas

Unterwerfendes, Unlauteres, Besitzergreifendes an sich. Das Abbild nimmt dem Urbild etwas von seiner Kraft und verleibt es sich ein. Bei den Erscheinungen der Natur bewirken die Sinne eben durch diese Einverleibung Vermehrung des Wissens und besseres Verstehen. Es entspricht auch durchaus dem Willen Gottes, daß wir seine Schöpfung begreifen. Doch er selbst will nicht durch das Abbild, ob falsch, ob richtig, der Raffgier der Sinne ausgesetzt werden.«

»Will er denn nicht von den Menschen erkannt und verehrt werden?«

»Doch! Aber nicht durch jene körperliche Nähe, welche die Sinne schaffen. Die Schöpfung hat er dem Menschen untertan gemacht, ausdrücklich, wie es in unseren Büchern geschrieben steht. Er selbst aber hat sich den Zudrang über Augen, die sehen, Hände, die tasten, Nasen, die riechen, verbeten. Wir sollen ihn nicht einmal mit dem Verstand ausrechnen oder mit der Intuition des Künstlers zu erraten suchen. Einzig mit der Kraft unseres Herzens, des liebenden und verehrenden Herzens, sollen wir uns ihm zuwenden. Des seltsamen Dinges, das wir Herz nennen, das für unseren Körper lebenswichtige Funktionen hat und das wir aus Ratlosigkeit zum Sitz der höheren, heikleren Gefühle gemacht haben, die nicht von den Bedürfnissen des Leibes erzeugt werden. Also nicht Hunger und Durst, die Lust nach Paarung ...«

»... sondern das Bedürfnis nach grenzenloser Verehrung.«

»Ja, dieses Bedürfnis wohnt im Innersten unseres Herzens und ist fast so stark wie die Liebe. Aber keiner der Sinne erfaßt es, außer vielleicht das Gehör, und die Musik ist ja auch erlaubt im Gottesdienst.«

Die Königin hatte genug gesehen. Sie strebte dem Vorhof zu, und damit sie einander im Gedränge nicht verloren gingen, faßte sie Salomo an der Hand. An einer Stelle des breiten Vorhofs sah sie eine dichte Menschenmenge, aus dessen Mitte sich eine krächzend verschleimte Stimme hören ließ, die teils salbaderte, teils schimpfte.

Die Neugier der Königin war erwacht, und sie zog Salomo dorthin. Der Redner stand auf einer Estrade. Es war ein langer, knochiger Mann, um dessen ausgemergelte Glieder verblichene Fetzen eines mit einem Strick gegürteten Gewandes aus rohem Rupfen hing. Auf dem mit einem ausgeprägten Adamsapfel ausgestatteten sehnigen Hals saß ein vergleichsweise kleiner Kopf, umwirrt von struppig verklebten Haar- und Bartsträhnen von der Farbe getrockneten Heus. Diese Farbe zeigte auch die Gesichtshaut. Man nahm keine Brauen und Wimpern wahr, die Lider waren gerötet. Der Mund, schmallippig, war auffallend groß. Er klaffte in der Rede auf, zeigte schadhafte Zähne und einen Ausdruck von Ekel, Zorn und Verachtung. Sehr eng an der unerheblichen Nase standen schwarze, knopfartige Augen, die scharf und bösartig blickten. Lange, knotige Finger unterstrichen krallend die Rede. Der Mann war außergewöhnlich schmutzig.

»Kinder des Pfuhls, alle miteinander, die ihr hier steht und mauloffen gafft«, krächzte er, »weiß man doch, daß ihr – vor allem natürlich eure Weiber – auf den Höhen und unter Bäumen Götzengesindel heimlich verehrt und euch nicht entblödet, unheilige Steine oder tönernes Gebild zu betasten und zu umkosen in verworrener Ehrerbietung und sie sogar mit Blumen schmückt, diese Trugfratzen der Schöpfung, heute prangend im bunten Blust und morgen stinkend, verwelkt und verfault, genauso wie eure Weiber. Ja, eure Weiber spreche ich an, vorwiegend, leichte Beute des Scheitans mit Hirnen nicht größer als ein Spatzenei, und ihr Mannsbilder, die ihr geil seid nach ihren flüchtigen, unappetitlichen Reizen. Lächerlich und ekelhaft für mich, der ich gerade wieder einmal vom Fasten, Dürsten und Beten aus der Wüste komme, wo ich mich genährt habe von ihrer kargen Kost, ein paar Heuschrecken, Käfer, Tausendfüßler und dergleichen, während ihr gierig geschlemmt habt. Die Wüste, der einzig anständige Aufenthaltsort für die Frommen, wo man höchstens zwecks Anfechtung und Prüfung seiner Seelenstärke das satansgeborene Trugbild eines Frauenzimmers sieht mit glatten Gliedern, Rehblick und lockendem Zeigefinger ... ja, mit so einem Blick, wie du ihn hast, Schnepfe, wenn du auch dein Angesicht verhüllt hast, so sehe ich doch deine feuchten Augen und jene flehende Hilflosigkeit im Blick, der euch jedes blöde Mannsbild zu Füßen zwingt!« Zu ihrem Entsetzen merkte die Königin, daß der hagere Schelter mit dem schmutzigen Finger auf sie zeigte,

»und dein Mann oder Bettfreund, der Tölpel, pariert diesen Blick und protzt sich als Beschützer mit Händchenhalten auf«, damit wies er auf Salomo, der die Königin aus dem neugierig gaffenden Gedränge zerrte.

»Seht sie euch nur an«, schrillte der fromme Unhold, »da suchen sie sich zu verdrücken, aber es nützt ihnen nichts, ihre Sünden schleifen sie nach wie kotbeschmutzte Bockswedel ...«

Endlich waren sie außer Hörweite der derbkräftigen Vorhaltungen, und die Königin atmete auf: »Wer ist der schmutzige Mensch, daß er mitten im Tempel seine Unflätigkeiten von sich geben darf, zwischen all den weißgekleideten Priestern mit geölten Locken und Bärten, die gemessen schreiten und Gebete singen? Erlauben sie diesem krächzenden Rüpel mit dem vergrindeten Hals solche Rede mitten im goldprunkenden Tempel? Warum wirft ihn niemand hinaus, damit er in der Gosse predigt, woraus er entstiegen ist?«

»Aus der Wüste kommt er«, beschwichtigte Salomo, »und ist in den Augen des Volkes so etwas wie ein Heiliger und Prophet.«

»Heilig nennt man bei Euch solch ein Unrat bellendes Knochengestell? Ich kann es nicht fassen! Nur weil er sich eine Weile von ekligem Wüstengeziefer ernährt und sich nicht gewaschen hat? Ist Schmutz am Körper und in der Rede ein Zeichen von Heiligkeit? Auch bei uns sieht man dann und wann solche Gestalten, aber höchstens auf der Gasse und im Basar, niemals würden sie in den Tempel gelassen, und man hört sie nicht an. Man zeigt mit den Fingern auf sie, grinst, und die Kinder verspotten sie.«

Das Gedränge hielt auf, und noch immer hörten sie, wie der heilige Verschleimte sich hinaufgeigte mit seinem anstößigen Gefiedel.

»Diese Augen, wißt ihr nicht, daß sie nichts sind als ein Häufchen Knorpel, Wasser und Gallert, von Gott so gefügt in seiner Weisheit, damit man durch sie zwar die irdische Schöpfung wahrnimmt, sie aber züchtig senkt vor seiner Erhabenheit?«

Endlich verlor sich das Krähen. Auf dem Platz vor dem Vorhof war es vergleichsweise still und die Menschenmenge weniger dicht, so daß die beiden ungehindert in den Palast gelangen konnten, der ja unmittelbar neben dem Tempel stand. Die Königin war von der Fülle für sie ganz ungewohnter Eindrücke leicht verwirrt, lehnte aber Bad und Ruhebett, was Salomo vorschlug, ab. Zu lebhaft kreisten in ihrem Kopf die neuartigen Bilder und die Fragen. So ließen sie sich nieder in Salomos Kabinett, wo schon ihre erste Zusammenkunft stattgefunden hatte.

Aus einem alten Fürstengeschlecht stammend, hatte die Königin auch ein lebhaftes Gespür für die staatsmännische Seite dieser Großunternehmung, die der Tempelbau war. Jetzt, außerhalb des Zaubers der Anziehung, die vom Allerheiligsten ausging, von der theatralischen Spannung der rituellen Regie der Opferhandlungen, sah sie wieder klar mit all der Anerkennung und den Vorbehalten der Regentin.

»Ein solcher Prachtbau«, sagte die Königin, »und dann fehlt das Gottesbild, wie es andere Völker haben. Es geht mir immer noch nicht ein. Zu einem Abbild, das man sehen und angreifen kann, betet es sich leichter als zu einem Gott ohne sichtbares oder wenigstens vorstellbares Erscheinungsbild! Wie ist gerade Euer Volk zu einer so schwierigen Gottesidee gekommen, die nirgends ein Vergleichbares hat?«

»Das geschah in den Jahren des Auszugs aus Ägypten, wo unsere Vorfahren Fronknechte des Pharao gewesen sind. Sie waren damals ein schlampiges Gemisch und hatten nur dämmerhafte Vorstellungen von ihrer Geschichte. Die Sprache war verhunzt wie die Sitten, den Gott ihrer Ahnen, den Bund mit ihm und die Auserwählung hatten sie aus dem dumpfen Gedächtnis verloren und trieben Götzendienst, wie sie ihn gerade von Sklaven, die aus anderen Ländern kamen, abschauten, rieben den rohen Ton oder Holzbildchen mit Öl, Blut oder Urin ein und küßten sie, schleckten sie ab, um die Idole günstig zu stimmen, und wenn sich ihre Forderungen nicht erfüllen ließen, schlugen sie sie oder zerbrachen sie sogar und schafften sich ein anderes Götzchen an.«

»Nun, so tut es eben der Pöbel überall, und nur die wenigen, die Geist, Phantasie und Anspruch haben, machen sich würdigere Götter und beten sie in gesitteten Formen wie wir unsere Planeten an. Wer war übrigens dieser Moses, der, wie ich weiß, den Auszug aus Ägypten ins Werk setzte? Wer war der Mann, der dieses an die Peitsche gewöhnte

Menschengetümmel, das offenbar in vielen Sprachen schnatterte und viele Götzen anbetete, zu einem einigermaßen gesitteten Haufen mit einer Sprache und mit bindenden Gesetzen zusammenschmolz und ihnen einen einzigen und noch dazu unsichtbaren Gott auflud, den sie zwar anbeten, aber nicht mit den Sinnen wahrnehmen durften?«

»Ja, wer war Moses. Jedenfalls war er kein kriegserfahrener Stratege, kein frömmelnder Priester, auch kein Zauberer oder Seher und Retter seines versklavten Volkes. Ich habe den Verdacht, und ich sage es Euch im geheimen – die meinigen würden mich stäupen und steinigen, sagte ich es offen –, ich glaube nicht, daß Gott ihm den Auftrag gab, seine Horde, die er der Überlieferung nach ausgewählt hatte und die dann in Ägypten verlorenging, in sein Land und zu seinen Sitten und seiner Religion zurückzuführen.«

»Was war es dann, das einen Menschen, und Moses war ja ein Mensch, dazu bringen konnte, diese entsetzliche Plage mit diesem Sklavengehudel auf sich zu nehmen und es vierzig Jahre, wie es heißt, trotz seines Gezänks, Geplärrs, seiner Rückfälle durch die Wüste zu treiben?«

»Ich glaube nicht, daß Gott es war, der ihm den Auftrag gab. Gott sah vielleicht zu mit gespanntem Interesse, wie Moses es machte. Denn was er machte, war Schöpferarbeit. Für ihn war dieser verlorene, verwahrloste Menschenhaufen etwas, das ihn in den Händen juckte wie Ton, den man zu einer Form knetet. Das ist eine große Mühe, aber für den, den es reizt, auch eine große Lust. Und

Moses hatte Lust zu dieser Formungsarbeit, und sie gelang ihm einigermaßen, so daß er ruhig sterben konnte. Als Israel endlich einmarschierte in Kanaan, dem verheißenen Land, übergab er sein Werk Joshua, der ein Kriegsmann war, kein Künstler war mehr nötig.«

Die Königin hatte schweigend und aufmerksam zugehört, und es dauerte noch eine Weile, bis sie sprach.

»Das, was ihr sagt von Moses und dem Jucken in seinen Händen und der Lust, Ungeformtes daraus zu kneten und zu bosseln, leuchtet mir ein. Mehr jedenfalls als der durch Wunder unterstützte Gottesauftrag. Ich kann mir auch vorstellen, daß weder das Volk noch die Priester es so nüchtern sehen möchten. Die Menschen brauchen ein wenig Zauber, und vor allem wollen sie bei ihren Göttern im Mittelpunkt stehen, ob diese sie nun streicheln oder schlagen. Hauptsache, sie fühlen sich im Mittelpunkt wie ein Kind in der Familie. Ohnehin schwer genug, wenn man sich kein Bild von ihm machen darf. Steht denn bei Euch der König nicht da als Stellvertreter gewissermaßen?«

»Der König? Der ist nichts als derjenige, der sie im Krieg anführt und im Frieden für die Einhaltung der Gesetze sorgt. Anfangs hatten wir Richter, die diesen Zweck erfüllten. Dann bildete das Volk sich einen König ein, weil die anderen Völker einen König hatten, und sie schickten einen Seher, einen frommen, angeblich weisen Mann, um einen König zu suchen. Und der wählte Saul, einen Bauern, weil er stattlicher war als seine Brüder, und nach Saul kam David, mein Vater, ein Hirtenknabe, der so schön auf der Harfe spielte, daß er Saul, der an Melancholie litt, tröstete, gleichzeitig aber reizte, so daß David vor ihm fliehen mußte. Sein Königtum erwarb er sich durch zahllose Kämpfe. Da seine Lieblingssöhne sich durch ihr hitziges Temperament selbst umbrachten, kam ich als Jüngster mit Hilfe der Intrigen meiner ehrgeizigen Mutter nach Davids Tod auf den Thron.«

»Ihr schildert das so nüchtern, eine Königsgeschichte ohne jedes göttliche Beiwerk und Mitwirkung von oben! Da frage ich mich nun noch mehr, wie kann ein König, der beim Volk offenbar wenig Macht besitzt, eben dieses Volk dazu bewegen, einen solchen Prachtbau mit eigenen Händen auszuführen wie Euren Tempel für einen Unsichtbaren. Denn Fronsklaven gibt es ja nur mit Peitschen und Leibesstrafen, und ich würde mich auch nicht auf die von den Priestern gezüchtete Frömmelei verlassen. Solche Stimmungen dauern nicht, sind keinen wirklichen Plagen gewachsen. Sieben Jahre zu schuften für die Wohnstadt eines Gottes, der – verzeiht – im Finstern hockt hinter einem dichten Vorhang! Bei aller Empfänglichkeit Eures Volkes für die Überheiligkeit – wenn einer schwitzt und sich plagt, daß ihm die Glieder schmerzen und der Atem stockt, dann bleibt er nicht bei der Stange, ganz gleich für welchen Gott.«

»Ihr habt den heiklen Punkt getroffen. Das war das schwierigste Problem. Nicht die Beschaffung des Materials durch politische Verhandlungen mit

Hiram, dem König der Phöniker, der Zedern und Fachleute lieferte im Austausch für ein paar schäbigen Nester in Galilea, was man mir übrigens heute noch nachträgt, obwohl sie niemand gekannt hat. Es war ein gutes Geschäft, aber was soll's. Sollte mir Hiram umsonst seine Zedern für den Bau mit seinen Schiffen herbringen? David hätte vielleicht einen Krieg dafür angezettelt und gegen die Phöniker mit Sicherheit verloren. Aber es wäre Krieg gewesen und Heldentum und nicht nüchternes Geschäft zu beiderseitigem Gewinn. Aber Ihr kennt ja die Leute.«

»Ja, ich kenne die Leute, sie gleichen sich, wo immer sie leben. Aber noch seid Ihr mir die Antwort auf meine eigentliche Frage schuldig: Wie habt Ihr es ohne Gewalt angestellt, daß Eure Leute volle sieben Jahre lang sich abrackerten für einen Tempel, noch dazu wo die Könige bei Euch rein gar nichts mit Gott zu tun haben?«

»Ihr werdet lachen und – wie ich Euch bereits zu kennen glaube – verstehen, zum Unterschied zu meinen Priestern und Schriftgelehrten, die mich als Irren in der Wüste aussetzen würden … nun, ich habe auf das Lästern gesetzt.«

»Auf das Lästern?«

»Ja. Ich habe vorausgesehen und sogar gehofft, daß meine Leute sich, geplagt von der Schwerarbeit, Luft machen würden durch Schimpfen. Und da sie sich aus Respekt nicht trauen, auf ihren Gott zu schimpfen, verfluchen sie den Menschen, der für ihre Plage verantwortlich ist, in meinem Fall der König.«

»Hat sie kein Aufseher oder Vorarbeiter wegen Majestätsbeleidigung angezeigt oder bestraft?«

»Das habe ich auch bedacht. Die Aufseher waren größtenteils Leute des Hiram, die handwerkliche Erfahrung hatten, aber unsere Sprache nicht verstanden, und außerdem hatten sie von mir den Befehl, nicht einzuschreiten, wenn sie merkten, daß die Leute fluchten und die Werkzeuge wegschleuderten und die Hände zur Faust ballten in Richtung zu meinem Wohnsitz. Sie ließen die Aufregung aufwallen, dann von selbst verläßlich abflauen. Wenn die Arbeiter sich richtig ausgeschimpft hatten, dann griffen sie wieder zu Schaufel oder Hacke, und der aufgepeitschte Morast ihrer einfachen Seelen beruhigte sich. Laß sie nur ruhig lästern, sagte ich zu mir, nichts bindet Menschen mehr aneinander und läutert ihre Gemüter als gemeinsames, ungestraftes Lästern. Gefährlich ist der unterdrückte, hineingefressene Haß.«

Die Königin hatte aufmerksam zugehört und klatschte in die Hände.

»Das ist eine wahre Königsidee. Ich muß mir das merken und bei Gelegenheit nachahmen: fluchen lassen statt strafen. Man kann sich ja die Ohren zuhalten oder die Spucke abstreifen vom Gewand. Was kostet das schon! Das bißchen Rufmord und öffentliches Ansehen, das wäre es mir wert in einem ähnlichen Fall.«

»Ihr wißt gar nicht, wie wohl mir Eure Anerkennung tut. Ich bin ja nicht gerade an Lob gewöhnt. Die Priester hetzen, die Schriftgelehrten nörgeln und kritteln, die Soldaten raunzen, weil es kein

59

Gemetzel und keine Plünderei gibt. Da sind Eure Worte ein wahres Labsal. Seid bedankt!« Salomo ergriff die Hand der Königin und küßte sie. Sie entzog sie ihm nicht gleich.

V

Im Schatten des Feigenbaums

Bei ihrer nächsten Zusammenkunft, die diesmal in den Palastgärten auf einer zierlich geschnitzten Bank stattfand, verzichtete die Königin auf den Austausch etikettebedingter Höflichkeiten und ging gleich in medias res. Man muß ihr das nachsehen. Hatte sie doch die ganze Zeit an den imponierenden Tempelbau denken müssen und die bewundernswerte Geschicklichkeit, mit der Salomo die Seelen seiner Leute manipuliert und bei Gesundheit und Arbeitsfreude gehalten hatte. Nun drängte sie das Bedürfnis, man kann es ruhig Eitelkeit nennen, ihr eigenes Lebenswerk und ihre Methoden einem Kenner wie Salomo vorzustellen. Es handelte sich um den in der zivilisierten Welt bewunderten Dammbau im Wahdi Adana, durch dessen kunstgerechte Sammelbecken und Drainierungen die ungenützten Wasserfluten der Regenzeit, die ungeregelt eher zerstörten als befruchteten, reguliert wurden. Mit einem kunstvollen Bau und Fachleuten gelang es, einen breiten Streifen üppigen Baulandes der Wüste abzutrotzen. Auch die nur in dieser Zone gedeihenden Weihrauchsträucher brachten nun den Bauern und den Kaufleuten größeren Gewinn, weil sie nicht mehr den jährlichen Dürreperioden ausgeliefert waren, die sie trotz Pflege so oft nur als elendes Gestrüpp überstanden.

Die Königin warf Salomo als Köder hin: »Wenn ich an Saba denke, mache ich mir Sorgen, ob meine Leute die regelmäßig notwendigen Ausbesserungsarbeiten und Kontrollen am Damm auch gewissenhaft ausführen. Ihr wißt vielleicht, daß in meiner Regierungszeit mit Hilfe in Ägypten geschulter Baumeister und Ingenieure ein sehr nützlicher Damm gebaut wurde?«

»Wer weiß nicht vom Staudamm und den Wasserregulierungen im Wahdi Adana! Und natürlich auch, daß Ihr es wart, die das Riesenwerk auf sich nahm und durchführte.«

»Nicht ich eigentlich«, warf die Königin mit bescheiden gesenkten Wimpern, aber blitzenden Augen ein, »die Idee stammt schon von meinem Vater. Er hat sich lediglich vor der Ausführung gescheut. Er zweifelte an der Willigkeit der Bauern und fürchtete Störung von Seiten der Beduinen.«

»Von der Kunst der Ingenieure verstehe ich nichts. Ich selbst bezog ja beim Tempelbau Männer aus Phönizien mit einschlägiger Erfahrung. Aber etwas interessiert mich brennend: Wie konntet Ihr denn genug Arbeitswillige für diese Plackerei anwerben? Über Kriegsgefangene verfügt Ihr ja als Friedensfürstin genausowenig wie ich.«

»Da habt Ihr recht. Und einen Gott vorschieben konnte ich auch nicht. Unsere Planetengötter stehen dem Volk nicht besonders nahe, sie werden zwar regelmäßig, aber eher schlampig verehrt.«

»Umso mehr bewundere ich Euer Werk, und ich hoffe, daß Ihr mir verratet, wie Ihr das von Natur aus faule Gesindel, erlaubt mir den kruden Ausdruck, hineingelegt habt, damit sie Schaufel und Hacke nicht wegwarfen?«

»Aufrichtigkeit gegen Aufrichtigkeit. Ich will es Euch gerne erzählen, weil ich bei Euch sicher sein kann, daß Ihr es versteht. Natürlich verzichtete ich von vornherein darauf, ihre dumpfen Schädel von den praktischen Vorteilen dieses Dammbaus zu überzeugen und ihnen die Pläne der Ingenieure vorzulegen, damit sie sich anhand der Skizzen ausmalen konnten, wo überall in Zukunft das ganze Jahr über Wasser für ein üppiges Gedeihen zu erwarten war. Sie vermochten sich nichts vorzustellen, was sie nicht fertig vor sich sahen. Sie fanden sich lieber ab, lebten dürftig und mußten dazu noch auf Überfälle und Nomaden gefaßt sein, die ihnen den kargen Ertrag monatelanger Schufterei auf den dürren Äckern raubten, nicht ohne Gemetzel und Brandschatzung.«

»Hattet Ihr nicht Grenzwachen gegen diesen Unfug?«

»Die hatte ich schon, aber die Posten waren ein faules Gesindel. Sie erpreßten die Bauern und steckten gleichzeitig mit den Nomaden unter einer Decke und gaben sich dazu her, auszuspionieren, wo etwas zu holen war.«

»Gibt es denn in Saba keine Soldaten für solche Aufgaben?«

»Wir leben vom Handel und in Frieden mit den Nachbarn. Natürlich haben wir eine Armee, aber die setzt sich aus Zierbengeln vom Hof und den reichen Kaufleuten zusammen und ist zu nichts gut als zu pompösen Aufmärschen mit kostbaren Gewändern und Federnputz auf tänzelnden Rossen. Setzte ich sie an die Grenze, hätte ich sofort ihre Eltern am Hals.«

»Ich verstehe. Aber nochmal, wie bekamt Ihr die richtigen Arbeiter zusammen?«

»Das war eine Hauptsorge dabei. Kurz gesagt, ich setzte – gerade wie Ihr – nicht auf Einsicht oder gar sonstige Tugenden wie Pflichtgefühl und dergleichen, ich setzte auf Triebe, und zwar auf einen bestimmten, der bei den Bauern besonders ausgeprägt ist.«

»Laßt mich raten: die Gier auf Besitz, auf Eigentum?«

»Ihr kennt die Leute und habt richtig geraten. Ich mußte aber auch mit der eingeborenen Faulheit rechnen.«

»Ich verstehe, Besitz verlangt Fleiß. Wie kamt Ihr damit zurecht?«

»Ich setzte auf die Schlagkraft eingängiger Parolen und ließ sie überall lautstark verbreiten: Jedem sein eigenes Land und sein eigener Feigenbaum, um in dessen Schatten zu sitzen!«

»Und wie haben sie auf diese – übrigens glänzend ausgedachte – Parole reagiert? Ist ihnen nicht gedämmert, daß vor dem Besitz Arbeit und schweißtreibende Plage steht?«

»Nein, sie stellen sich nichts vor als das faule Hocken im Schatten und den Blick auf Eigenes. Wenn einen der Verdacht anflog, der Segen würde ihm nicht umsonst ins Maul fallen, so schob er den lästigen Gedanken beiseite und sagte sich, um das würden sich, wie seit je, die Weiber und größeren Kinder kümmern. Der Hausherr sitzt im Schatten und schafft an.«

»Ich neige mich vor der Königin!«

»Und ich danke Euch dafür, denn von den Aristokraten und Reichen, die meine Minister und Ratgeber waren, bekam ich nur Vorwürfe, Geschrei und kaum verdeckten Hohn zu spüren.«

»Mir müßt Ihr darüber nichts erzählen. Wie ich sie kenne, die Ratgeber! Aber etwas möchte ich noch erfahren. Gesetzt, der Plan gelänge und die armseligen Bauern kämen durch den Segen des Staudammes zu Wohlstand, warum dann nicht mit noch mehr Raub und Plünderung durch die Nomaden rechnen?«

»Daran habe ich natürlich auch gedacht. Ich zählte dabei auf die Frauen.«

»Die Nomadenweiber?«

»Ja.«

»Wie kamt Ihr darauf, Euch der Frauen der Beduinen zu bedienen? Erzählt, mich interessert das alles brennend.«

»Ich kannte die Nomaden, ich habe das meinem Vater zu verdanken. Der jagte gerne in der Wüste, und so ergab es sich, daß er mit ihren Scheichs und den Sippenvätern vertraut war, die im Umkreis von Saba umherzogen. Sie luden ihn ein in ihre Zelte zum Minzegetränk und zum Rauchen. Sie sprachen und schwiegen miteinander, und gab es einen schweren Raubzug mit Gemetzel, regelten sie das

65

direkt untereinander. Mich nahm der Vater oft mit. Ich liebte die Wüste und beherrschte von klein auf das Reiten. Und wenn er sich ins Zelt begab, spielte ich draußen mit den halbnackten, schmutzigen Kindern. Sie waren mir lieber als die Palastfratzen mit ihrem gezierten Wesen. Die Nomadenkinder hatten spannendere Spiele, wobei man sich auch oft vorsehen mußte, denn das Werfen von Unrat oder Steinen nach einem Ziel oder auf des anderen Kopf war sehr beliebt. Besonders eifrig aber lernte ich ihre Sprache, die Wörter enthielt, die mir fremd waren, aber mit außergewöhnlicher Ausdruckskraft ausgesprochen wurden. Wenn ich sie im Palast gebrauchte, bebten den Erzieherinnen die Unterlippen. So kannte ich die Nomaden also von Kindesbeinen an, und ihre Denk- und Lebensweise war mir vertraut. Um die Feuerstelle der Frauen drängte ich mich mitten in ihrer Brut, und sie behandelten mich nicht anders als ihre eigenen Bälger. Von ihnen bekam auch ich meine Ohrfeigen, wenn ich etwa ein kleineres Kind wegdrängte beim Essen. Ich sah schon damals, daß bei den Nomaden zwar die Männer die Herren sind und es sich gegenseitig durch Großtun beim Reden im Zelt zu beweisen suchen, daß aber alles, was von Bedeutung ist, bei den Frauen liegt: alles jedenfalls, was für das Überleben der Familie notwendig ist. Das Gegockel und Krähen, mit dem sie die schweifende Freiheit in der Grenzenlosigkeit der Wüste preisen, ist Männersache. Die Männer – verzeiht mir – sind Großmäuler und eingebildete Phantasten und Schwätzer. Jeden Tag, den sie bei diesem

66

Dasein am Leben bleiben, verdanken sie der Vernunft und Plage ihrer Frauen.«

»Und die Beduinenschwärme, haben sie nicht den Bau gestört?«

»Anfangs versuchten sie es regellos und daher ohne Erfolg, denn wir waren in der Mehrheit. Aber bald setzte sich die Neugier durch. Sie stellten sich auf ihren Kamelen reihenweise am Rand des Gewühles im Sand auf und riefen den Arbeitenden Schimpf- und Spottreden zu, doch diese höhnten zurück. Um sie zu ärgern und neidisch zu machen, krähten sie im Chor die Parole vom Sitzen im Schatten des eigenen Feigenbaums. Die Nomaden horchten und gafften. Nach einiger Zeit aber brachten sie ihre Zelte mit und schlugen sie auf. Und so kam, was ich erhofft hatte: die ganzen Familien und vor allem die Frauen. Die sahen erst stumm mit ihren Kindern am Kittel dem Treiben zu, redeten mit den Bauernweibern, die ihren Männern das Essen brachten, und die Frauen der Bauern erzählten mit Stolz vom eigenen festen Häuschen mit einem fruchtbaren Stück Land, wo die Arbeit leichter und der Ertrag größer sein würde. Wo die Kinder gegen Nachtkälte und Sandsturm gesichert wären. Vom Feigenbaum sprachen sie kaum, denn ihnen war es, wie den Nomadenfrauen, klar, daß es nur die Männer waren, die in seinem Schatten sitzen würden. Aber sie wälzten es in ihren Köpfen, und in den Zelten redeten sie auf die Männer ein, die sich taub stellten, von der Freiheit schwätzten und sie ohrfeigten, doch die Weiber hielten nicht den Mund und redeten, redeten laut oder leise, aber mit der zähen Unablässigkeit, die sich den Männern, ob sie es wollen oder nicht, ins Hirn bohrt und an den Nerven feilt, bis sie nachgeben. Nicht überzeugt, sondern des Geredes müde. So kam es schließlich, daß sich erst wenige und dann immer mehr bequemten, sich gegen den geringen, aber dafür regelmäßigen Lohn unter die Bauern zu mischen und zu Schaufel und Hacke zu greifen. Ich ließ verbreiten, daß auch Nomaden willkommen seien und ein Stück fruchtbares Land, wenn sie es sich im Schweiß verdienten, ihr Eigen werde. Die Gescheiteren begriffen auch allmählich, daß Seßhaftigkeit Lebenssicherheit über den Tag hinaus bedeutete, daß es sich weicher im Schatten des Feigenbaums säße als auf den knochigen Rücken der Kamele, und die nötige Arbeit würden ohnehin die Frauen beitragen. So hatte ich nach einer Weile genug Arbeiter zusammen, ohne viel Aufseher, die ihre Peitschen allzu gern gebrauchen und damit nicht Fleiß, sondern nur Haß züchten, was die Gestriemten nicht zur Arbeit reizt, sondern zum Mord in einem dunklen Winkel. Das wißt Ihr ja auch.«

»So habt Ihr ja, genau wie ich, nicht auf Vernunft gesetzt, sondern auf die fast allen Menschen eingeborene Gier nach Besitz und habt Euch dabei auf die Frauen verlassen, bei denen diese noch angereichert ist mit der Sorge um die Sicherheit und dem Behagen ihrer Brut. Wir haben beide unser großes Vorhaben angefangen und zu Ende geführt, nicht durch die Einsicht unserer Untertanen und das Verständnis, nicht durch ihre Angst vor der Macht und schon gar nicht durch die Ehrfurcht vor unserer Majestät. Ihr habt die tiefsitzende Begierde nach einem Stück Land, das einem gehört und einen ernährt, nach dem Haus, dessen Dach und Wände schützen, aufgeheizt mit einer Parole, die dem Volk viel leichter eingeht als eine vernünftige Erklärung. Ich habe mich an den tiefsitzenden Glauben meiner Israeliten an einen Vatergott gewandt, dem große Verehrung gezollt werden müsse durch das Gebet, und das Gebet mußte, um erhört zu werden, ein festes Haus haben. Wir haben beide Empfindlichkeiten der Leute bedient, wohl wissend, daß die meisten der Vernunft oder Moral nicht zugänglich sind. Und wir haben gewonnen, das Notwendige und Gewaltige ist getan. Gewiß, Ägypten hat sich Prachtbauten aufgerichtet mit dem Blut und der tödlichen Erschöpfung der Bausklaven, ihre Arbeit wird mit der Nilpferdpeitsche geleistet. Was ist besser: die Peitsche oder ein nützlicher Trick, ein Betrug meinetwegen? Merkt Ihr was? Wir beide haben, glaube ich, im Länderkreis einen guten Ruf als Regenten, obwohl wir uns nicht der üblichen Methoden des Herrschens bedienen. Ihr nicht und ich nicht. Wir haben uns nicht der Königsgewalt bedient, damit unsere Untertanen uns gehorchen; Gewalt züchtet Gegengewalt, Aufstand oder stumme Verweigerung. Auf vernünftige Überlegung spricht das Volk nicht an, damit lockt man keinen Hund hinter dem Ofen hervor. Wir haben beide weder auf Zwang noch auf Einsicht gesetzt, sondern ...«

»Sprecht es nur aus, auf Nasführung der Leute. Wir haben sie hineingelegt. Das klingt nicht sehr edel, aber es ist ein guter Weg. Die Leute sprechen nicht an auf die Großartigkeit eines Unternehmens, und auch wenn sie seine Nützlichkeit erkennen, bewirkt diese Einsicht noch nicht, daß sie bereit sind, sich abzurackern. Man muß sie in den Rumpelkammern ihrer Seelen packen.«

»Es gibt noch eine Methode, aber sie ist mir zuwider. Mein Vater David hat sich ihrer bedient, und ich kann nicht leugnen, daß er Erfolg damit gehabt hat und außerdem noch – anders als ich – hochgeehrt und heiß geliebt war. Er hat die Menschen mit der Hilfe einer dunklen Macht aufgewühlt, auf den Heldenrausch gesetzt, die Bereitschaft fast aller Männer zur brachialen Gewalt, zur blutigen Metzelei. Man muß nur, ohne sich um eine Berechtigung zu scheren, ein griffiges Haßbild aufstellen, an dem sie sich erhitzen können, dann werden die Männer, oft sogar auch die Frauen und Mütter, ins Lodern geraten, das sie blind macht für alle Vorstellungen von den Folgen. Wie oft sie es auch erlebt haben am eigenen Leib, wenn dann alles vorüber ist. Gleich, ob die eigenen gesiegt haben oder geschlagen wurde. Sie vergessen, wie sehr man gelitten hat, als das Liebste auf der Bahre zurückgetragen wurde, blutig, mit zerhacktem Leib, die Todesfarbe im Gesicht. Sie vergessen es. Du triffst keinen Mann, der nicht wieder johlend vor Begeisterung ins nächste Gemetzel zieht, kaum daß er zur Not die Folgen des letzten überstanden hat.«

»Es ist klug, sich bei der Führung der Leute der Kellerräume ihrer Seelen zu bedienen. Man muß nur darauf achten, sie nicht zu mißbrauchen. Ohne das Hervorlocken der Bestie im Menschen durch Vortäuschen eines Feindbildes gäbe es keinen Krieg. So steht man als Regent immer auf der Klippe zwischen der Manipulation unserer Untertanen und dem höhnenden Ruf der Feigheit und Unentschlossenheit.«

Jetzt ist es wieder einmal an der Zeit, vom Klatschgewölbe zu berichten, das sich mittlerweile schön gerundet hatte. Das Herrscherpaar war im Tempel gesehen worden. Man hatte sie unter der schlichten Garderobe bald erkannt.

Man beobachtete aufmerksam das lange Verweilen vor dem Allerheiligsten und schloß daraus bündig, daß die Königin dem Hochgelobten der Juden besonderes Interesse entgegenbrachte. Aus dem Wollball des Gerüchts bildeten sich schon, lichtscheu noch, Fasern, Fusseln und Flusen, die von einem Hang der Königin zum Judentum flüsterten, ihrer Bekehrung.

Ferner hörte man auch, wie der heilige Schmutzfink im Tempel predigte und das hohe Paar persönlich hart anließ und der Unzucht verdächtigte. Hielten sie sich doch im Gedränge nahe beieinander und anstößigerweise sogar an den Händen. Als diese Neuigkeiten in der Palastküche durchgekocht und durchgewalkt waren, rollte die Gerüchtekugel hinaus auf Gasse und Basar, in frischen Farben schillernd, wo sie dann munter kreiselte

71

und dabei das Neueste lauthals hinauskrähte: die Königin von Saba ist dabei, den Glauben zu wechseln und Jahwe zu huldigen, und ist mit Salomo schon so intim, daß sie Hand in Hand gehen.

Die Kugel, sauber gerollt vom Mistkäfer des Klatsches, machte sich alsbald auf über Gassen und Plätze und Stadttor, die Handelsstraße zu gewinnen, und wanderte diese entlang von Rastplatz zu Rastplatz, von Wasserloch zu Wasserloch, wo man sie rupfte und zupfte und weiterspann, die Weihrauchstraße entlang hinauf und hinunter und wiederum mit einem fetten Abstecher nach Marib, wo Hof und Volk bereits gespannt waren, was das Gewölle mitbrachte an Kommentaren und Auslegungen vom Verhalten ihrer Königin, der sie alles zutrauten.

VI

Dämonen

»Es gibt etwas, das ich Euch schon lange fragen wollte, König.«

»Nur zu! Für Euch habe ich immer ein offenes Ohr.«

»Als Euer Sendbote nach Marib kam und vor mich hintrat mit einer zierlichen Verbeugung – der Wiedehopf hat sehr gefällige Manieren –, sprach er: ›Ich bin der Abgesandte des weisen Salomo, Herrn von Israel und Judaea und Herrn der Vögel, Feldtiere, Geister, Winde und Hexen …‹ Was hat es auf sich mit dieser ausgefallenen Untertanenschau? Hudhud machte auf mich nicht den Eindruck eines gewöhnlichen Schwätzers, der unverantwortlichen Klatsch verbreitet. Gebietet Ihr wirklich über all diese Tiere und Dämonen?«

Salomo schaute eine Weile zur Seite, dann wandte er sich wieder der Königin zu: »Mein Botenvogel nimmt manchmal seinen Mund zu voll. Er will sich gerne brüsten mit seinem Herrn. Was er Euch da vorgetragen hat, entstammt eher der Sichtweise des Volkes. Es versteht alles, was mit Wissenschaft zu tun hat, als Magie.«

»Ihr treibt also Forschungen auf dem Gebiet der Natur?«

»Nun ja, ich interessiere und beschäftige mich

mit den Erscheinungen der Natur. Dabei kommt es mir aber einzig und allein auf die Wirklichkeit an. Zur Zauberei lasse ich mich gewöhnlich nicht hinreißen. Das sei deutlich gesagt!«

»Ich glaube es Euch. Ich selbst befasse mich auch ein wenig mit der Sternenkunde. Sonne, Mond und Abendstern haben ja in meinem Volk göttliche Bedeutung, aber meine Astronomen machen da oft Beobachtungen, die, meinem Gefühl nach, zwischen klarer Forschung und krassem Aberglauben nicht unterscheiden. Aber, um aufrichtig zu sein, in manchen Fällen kann man diese Trennung wirklich nicht sauber durchführen, wenn man bei der Wahrheit bleiben will.«

»Ihr habt recht! Je tiefer man sich einläßt auf gewisse Phänomene, umso öfter streift man am Rande der biederen Fakten, an lichtscheu verschwimmende Grenzen und schlittert hinein ins Zauberhafte, Magische. Kennt Ihr das auch?«

»Ich kenne es. Und ich muß gestehen, daß jene Dinge, die Ihr ›lichtscheu‹ nennt, eine gewisse Anziehung auf mich haben und ich nicht immer mit aller Redlichkeit, die man dem Verstand gegenüber haben sollte, bemüht bin, mich darüber hinwegzusetzen. Es reizt mich, mich auf Grenzerscheinungen einzulassen, ein etwas fragwürdiges, aber interessantes Spiel. Denkt nur an die seltsame Zwittrigkeit zwischen Mensch und Vogel bei Eurem Hudhud.«

Salomo holte tief Luft, sah die Königin merkwürdig an und schwieg. Er führte sie durch seine chymischen Arbeitsräume, welche der Erforschung

74

der Natur gewidmet waren. Er zeigte ihr lange Regale voll Buchrollen, die Bündel der frischen und getrockneten Kräuter und Früchte, allerhand gläsernes und tönernes wie metallisches Gerät, mit dessen Hilfe zerstoßen, gepreßt, gekocht und gefiltert wurde. In Käfigen befand sich allerlei Kleingetier, lebendig oder tot in eingelegtem Zustand in Glasgefäßen.

»Dient dies alles zur Heilung von Übeln, als Medizin, die Leibesschäden verhindert oder heilt?«

»Das auch«, sagte Salomo. »Manches davon hilft dem Leidenden, und ich lasse es austeilen an die Bittsteller. Aber Euch sage ich geradeheraus, was ich den Meinen verschweige: mit meinen Experimenten möchte ich die Natur erforschen oder, richtiger gesagt, ihr auf die Schliche kommen.«

»Das ist das richtige Wort: auf die Schliche kommen. Denn die Natur ist – da sind wir offenbar einer Meinung – keineswegs etwas geradlinig Erforschbares, das man erkennen kann, wenn man nur Verstand und klare Sinne bemüht. Immer wieder überrascht und nasführt sie einen durch irgendeine pralle Fragwürdigkeit, vor der man offenen Mundes steht, wenn man sich redlich über die Leiter von Faktum zu Faktum gequält hat.«

»Ihr habt recht! Da schimpft man auf die alten Kräuterhexen und Medizinmänner, die ein Übel beschwören und besprechen mit unverständlichen Riten und Zauberformeln, prunkt mit klaren Erkenntnissen, und dann stellt einem die Natur selbst ein Bein, und man fällt auf seine hochgetragene Nase. So ist das wohl: die Natur, Gottes Schöpfung, ist etwas Unzuverlässiges. Jedes Forschungsergebnis enthält eine Prise Dämonie und lacht dich aus, je mehr du dich mit deinem Hirn geschunden hast.«

»Was sagen eigentlich Eure Leute dazu, wenn Ihr so unehrerbietig über die Schöpfung des unsichtbaren Einen sprecht?«

»Ich werde mich hüten, so vor ihnen zu sprechen. Ich will es auch gar nicht. Sollen sie ihren Glauben an Gottes Ernsthaftigkeit behalten und dabei Zauberei treiben. In ihren Hirnen schließt sich das zusammen. Alles andere wäre für sie schwer zu ertragen.«

»Zum Beispiel, daß Euer Erhabener Humor besitzen könnte?«

»Ja. Aber weil wir schon beim Thema sind ... Ihr wißt ja, wie an einem Hof getratscht wird ... mir ist das Gerücht zu Ohren gekommen, man habe handfeste Beweise, daß Ihr eine Dämonin seid. Hat man Euch beim Zaubern erwischt?«

»Ach, das muß von den Zofen kommen. Beim Bad haben sie gesehen, daß ich behaarte Beine habe, und das gilt, wie man mir sagte, bei Eurem Volk als Beweis.«

»Aha, Lilith, die den Männern die Kraft aus dem Leib saugt und dazu noch andere durchwegs gruselige Sachen anstellt.«

»Ja, bei uns in Saba gibt es auch einen ähnlichen Klatsch.«

»Nun, dem läßt sich abhelfen. Ich habe eine gute Salbe, die Eure königlichen Glieder von diesem verdächtigen Zeichen befreien wird.«

»Sehr gütig, aber ich selbst habe an diesem heiklen Umstand nie gelitten, und mein verstorbener Gatte hatte auch nichts daran auszusetzen.«

»Hier bei mir tratschen die Leute offenbar bösartiger. Ich habe schon von einigen gehört, die gesehen haben wollen, daß Ihr gespaltene Füße habt wie eine Ziege.«

Beide lachten. Dann sagte die Königin so nüchtern und sachlich, als sei es eine Bagatelle: »Kein Wunder, war doch meine Mutter eine Gazelle.«

Als Salomo sie groß anschaute, schob sie die Unterlippe trotzig vor und zog die schwarzen Brauen über der scharfen Nase zusammen. »Daher ihre Gazellenaugen«, schoß es Salomo durchs Gehirn. Er zog seine Brauen hoch, lächelte leise und sprach:

»Ihr wollt wohl sagen, daß Eure Mutter anmutig und schlankfüßig wie eine Gazelle war und vielleicht auch, daß ihr Blick an die feuchtschimmernde Sanftheit der Augen dieses Tieres denken ließ?«

»Nein, das wollte ich nicht sagen. Sie war eine Gazelle und ein Mensch zugleich. Ihr müßt doch solche Fälle kennen, denkt an Hudhud! Mein Vater hat mir oft erzählt, wie er während der Jagd in der Wüste ein besonders schönes Tier dieser Art von der Herde getrennt und verfolgt habe, es gelang aber der Leichtfüßigen, sich dem Jäger zu entziehen und ihn sogar in die Irre zu führen. Als er dann aufgab und nach langem Suchen eine menschliche Behausung fand, eine kleine Burg, deren Herr den Ermüdeten freundlich aufnahm, ging ein junges Mädchen über den Hof, und siehe, es war die eben noch gejagte Gazelle, nunmehr in Menschengestalt. Später haben sie sich dann vermählt, und ich bin die Frucht dieser Ehe. Ich sehe meine Mutter noch vor mir in ihrer ganzen, gleichwohl verdächtigen, Anmut und Lieblichkeit ihrer Erscheinung, ihrer Augen und schlanken, kräftigen Glieder. Leider starb sie früh. Mag sein, sie hatte nur die Lebensfrist einer Gazelle.«

Nachdenklich geworden, fragte Salomo: »Ich kann mir unschwer vorstellen, daß ein Mann von der vollendeten Anmut und Grazie eines Wesens ergriffen und gehalten wird, das nicht eindeutig menschlich ist. Aber wie war die Gazellenfrau mit ihren verschwimmenden Wesensgrenzen als Mutter?«

»Sie war mir eine gute Mutter in allen Dingen der Versorgung, die ein Kind braucht«, sagte die Königin und sah, verhängten Blicks, in eine ferne Vergangenheit. »Etwas Unbestimmtes fehlte, vielleicht die spezifisch menschliche Zuwendung. Um im Bild zu bleiben: sie leckte mir das Fell, aber das war nicht, was man unter mütterlichem Zärtlichkeitsbedürfnis versteht, es war ein Akt der Obsorge wie das Baden oder die Ernährung des Jungen.«

»Ich würde mir nie herausnehmen, an der Geschichte von Eures Vaters Brautjagd zu zweifeln, so wenig wie ich an der Existenz solcher Zwitterwesen zweifle, bei denen es offen bleibt, ob sie sich nun für die eine oder die andere Spezies entscheiden, in der Wildnis leben oder in der Stadt. Ich muß nur, wie Ihr schon angemerkt habt, an meinen guten Hudhud denken. Er befördert seine Botschaften wirklich auffallend rasch, wie im Flug, sagt man. Ob er, wenn er die Grenzen Jerusalems hinter sich gelassen hat, zum Wiedehopf wird? Ich wage mich nicht festzulegen. Es ist wie mit den Dämonen, an die das Volk so fest glaubt wie an Gott, und sie günstig zu stimmen, lassen sie sich fast mehr kosten als die Opfer im Tempel.«

»Was also hebt eigentlich den Menschen eindeutig ab von den übrigen Lebewesen dieser Erde?«

»Gott hat, wie es unsere Bücher lehren, nur dem Menschen eine Seele gegeben, eingehaucht von Gottes eigenem Atem. Der Pflanze, dem Tier und den Dämonen ist diese ehrenvolle Einhauchung nicht zuteil geworden.«

»Ihr nennt den Besitz einer Seele ehrenvoll, gewissermaßen eine Gnade Gottes! Habt Ihr, mein Salomo, noch nie gewünscht, diese pikante Einwohnung wäre Euch erspart geblieben? Sicher ist diese Seele ein göttliches Geschenk, ehrwürdig, und wenn man es sich klar macht, von durchdringender Feierlichkeit. Aber ist es nicht oft auch eine peinliche Irritation, auf die man gerne verzichten möchte? Ist diese göttliche Einblasung, die uns Menschen vorbehalten ist, nicht oft Anlaß zu den ärgsten Übeln des Lebens? Übeln, denen man nicht mit resoluten, praktischen Maßnahmen beikommen kann?«

»Ich muß Euch wieder einmal recht geben, obwohl ich mich schwer trennen kann von dem göttlichen Atemzug. Trotzdem, ich möchte weder ein Halbtier noch ein Dämon sein.«

»Nach Eurem Gesinde bin ich so etwas mit Spaltfuß und Beinbehaarung,« sagte die Königin spitz. Salomo lachte.

»Es ist ja gar nicht ungewöhnlich«, sagte er erheitert, »daß man beim Anblick eines Menschengesichts auf Merkmale von auffallender Zwielichtigkeit stößt. Ein gewisses Etwas, das schwer zu definieren ist und an einen dämonischen Einschlag denken läßt, und es überrieselt einen.«

»Es überrieselt Euch also, wenn Ihr mich anschaut? Nun, es soll nur rieseln, dann bin ich wenigstens sicher vor Zumutungen, die der ›Herr der Tiere und Hexen‹ mir auferlegt.«

»Wer redet von Zumutungen! Bin ich doch bekannt dafür, daß ich eine gewisse Schwäche fürs Dämonische habe. Seht selbst!« Salomo stieß einen leisen Pfiff aus. »Komm schon heraus aus deinem Schlupfwinkel. Vor diesem Gast hier mußt du dich nicht verstecken. Sie hat selbst kleine Unregelmäßigkeiten in ihrer Natur.«

Da gab es ein Schleifen, ein Geklirr und dann kleine Tritte hinter dem großen Arbeitstisch. Hervor kam ein Wesen von kaum Tischeshöhe. Dünne Beine, die sich in einer Art Hahnentritt bewegten, trugen einen Kugelkörper – nicht die Folge von Fettleibigkeit, man hatte eher den Eindruck einer prallen Blase. Daran hingen unerhebliche Ärmchen, und darüber, halslos, saß als Haupt eine kleinere Kugel. Eine breite Stirn über einer feinen, spitzen Nase, die wieder über einem breiten, lippenschmalen Mund. Der Gnom besaß nur ein Auge. Das andere war nicht mehr als ein verwachsener Schlitz. Das heile Auge aber war groß, rund und von einem verhängten Grau, dicht bewimpert wie bei einem Kind und mit einem Blick, der heillose Traurigkeit ausdrückte, der, wenn man genau hinsah, jedoch auch die Potenz zur Bosheit und zu scharfem Spott zu haben schien, so daß man unwillkürlich erschauerte.

»Mein Gehilfe«, sagte Salomo trocken. »Ich habe ihn dem mordlustigen Ulk entrissen, den eine Menge Volks mit ihm trieb auf der Gasse. Daher ist er auch menschenscheu und versteckt sich, wenn jemand eintritt. Bald erkannte ich seine außerordentliche Fähigkeit im Umgang und in der forschenden Arbeit mit Tier und Pflanze und lernte ihn an. Seither habe ich viel von ihm gelernt.«

»Und warum ist er so scheu trotz der honorigen Position als des Köngs persönlicher Helfer bei dessen Forschungen?«

»Nun, das Palastgesindel, das ich zum Aufräumen hier hereinlassen muß, treibt seine blöden Späße mit ihm, obwohl ich es ihnen immer wieder streng verbiete. Aber Ihr kennt ja das Volk: sobald ihm jemand unterkommt, der sich von der Allgemeinheit unterscheidet, bekommt es Lust, denjenigen zu quälen. Außerdem gilt es unter dem Pöbel als Mutprobe, meinen Kleinen zu ärgern, weil sie ihn für einen Dämon halten, der unversehens schaden könnte.«

»Eure Leute haben es offenbar mit dem Dämonischen.«

»Ja, sie haben es mit den Dämonen. Es gibt bei uns eine Geschichte über ihre Erschaffung. Gott hat sich bei seiner Schöpfung etwas verspätet, und

81

da ist ihm das Sabbatläuten dazwischengekommen, bei dem offenbar auch Gott selbst die Arbeit niederlegen mußte. Dabei blieb viel Unfertiges übrig, das sich, soweit es konnte, selbst fertig schuf; tagscheues, fragwürdiges Gelichter der Dämmerung, weder eindeutig gut noch eindeutig böse, unverantwortliches Gespenstergesindel der Schöpfung, das der fertig ausgeformte Mensch nicht achtet, aber oft fürchtet. Mir ist der Kleine ein wertvoller Diener. Aber sehr empfindlich. Wenn er aus einer Bemerkung etwas herauszuhören meint, das auf seine zweideutige Wesensart anspielt, wird er mißgestimmt, launisch, oft auch boshaft. Dann mischt er Gebräu, das man besser nicht anrührt und in den Käfigen wachsen Tierchen mit zwei Köpfen oder sechs Schwänzen, aber wenn man ihn ruhig sich ausleben läßt, bringt er wieder alles selbst in Ordnung. Meist arbeitet er fleißig nach meinem Geheiß, und beweist dabei ein auffallendes Geschick und eine oft erfinderische Selbständigkeit, von der ich schon mehrmals für meine Studien profitiert habe.«

Das Unholdchen hatte sich auch schon wieder an die Arbeit gemacht. Ernst auf einem Hocker stehend, hantierte es mit Kolben, Eprouvetten und Reibschälchen, und die Königin sah bei dieser Gelegenheit, daß es zarte, bewegliche Hände hatte, die eine Kraft und Sicherheit bewiesen, die über das Übliche hinausging.

»Mit einem solchen Gehilfen«, sagte sie spöttisch zu Salomo, »ist Eure Wissenschaft ja doch nicht ohne eine Prise von Magie.«

»Nun ja«, gab er zur Antwort, »ganz frei von

bedenklichen Seitensprüngen ins Verschwimmende, Konturenlose bin ich nicht, das gebe ich zu. Gerade die Grenzbereiche erwecken meine Neugier, womit ich aber keineswegs andeuten will, daß ich Euch, Königin, nicht für eine sehr eindeutige Menschenfrau halte, die mit festen, fünfzehigen Füßen in der Wirklichkeit steht und der der zwittrige Bereich der Hexerei ganz fremd ist.«

»Wollt Ihr damit sagen, daß er Euch nicht ganz fremd ist?«

»Nun, ich gestehe es, zuweilen reizt es mich schon zu einem kleinen Abstecher«, sagte Salomo mit einem kleinen Anflug von Selbstgefälligkeit.

»Ihr meßt Euch also eine gewisse Vertrautheit mit dem Bereich der Geister zu?«

»Nun ja, meinetwegen, was soll die Frage?«

Die Königin setze sich im Stuhl zurecht, legte das eine Bein über das andere, wobei sich das Gewand etwas über den Knöchel schob, und wippte mit dem Fuß. Dieser Wechsel in der Position zog Salomos Blick an, und seine Augenbrauen stiegen hoch – nahm er doch wahr, daß dort, wo er die sandalenbekleideten Füße der Königin erwartete, ein paar zierliche Spalthufe saßen, dicht befellt mit braunen Haaren. Die Königin blickte ihn mit einem hintergründigen Lächeln an. Er sagte nichts, sondern schnippte leicht mit den Fingern, worauf sich aus den Kräuterbündeln in der Ecke die gierig schnüffelnde Schnauze einer Hyäne vorschob, die eine Spur aufgenommen zu haben schien. Die Königin fuhr unwillkürlich zusammen, wobei sich ihre behuften Beine zum Absprung spannten, aber das geschah nur für den Bruchteil einer Sekunde. Sie lehnte sich entspannt zurück und schlug die Beine, die nun wieder eindeutig Menschenbeine waren, nur etwas behaart, nochmals übereinander. Sie hob ein wenig die Hand, um sich eine Strähne aus der Stirn zu streichen. Da begannen sich wie auf ein unhörbares Kommando die Flaschen und Retorten auf den Regalen und dem Labortisch leicht zu regen, und die Flüssigkeiten darin nahmen lebhafte Farben an, daß es im ganzen Raum regenbogenartig schimmerte und waberte.

»Nicht doch«, rief Salomo erschrocken, »die Substanzen sind heikel, es steckt nächtelange Arbeit darin! Lassen wir es genug sein, meine Liebe. Wir haben uns erkannt und scheinen einander in dieser Sparte ebenbürtig zu sein.«

»Verzeiht, Majestät, ich war nur ein wenig verschnupft durch Eure Äußerung, wie bieder ich mit zwei Menschenbeinen in der Wirklichkeit stünde, wogegen Ihr Euch hier, in Eurem persönlichen Reich, Grenzüberschreitungen gönntet. So mußte ich Euch mit meinen kleinen Scherzen doch zeigen, daß ich nicht so ganz unerfahren und tölpelhaft dem Dämonischen gegenüberstehe.«

»Ich verstehe. Verzeiht mir im nachhinein meine Eitelkeit und Herablassung. Ich wollte Euch nur über die Behaarung der Beine und die daran sich spinnenden Gerüchte trösten.«

»Trostbedürftig bin ich nicht, mein Freund, aber ich empfinde es als eine Bereicherung unserer Beziehung, daß auch Ihr das Vergnügen pflegt, mit ein bißchen harmloser Zauberei zu scherzen.«

VII

Über die Gnade der Lüge

Als er eilig über den Hof schritt, breitschultrig, die
groß angelegten Gesichtsszüge in der Augen-,
Nasen- und Mundpartie, wußte die Königin gleich,
daß es Salomos Sohn war.

Bei ihrer Ankunft war er außerhalb der Stadt
gewesen und ihr deshalb nicht vorgestellt worden,
Rehabeam, Sohn einer Ammoniterin, der pros-
pektive Nachfolger. Er hatte die dichten, gelockten
Haare des Vaters, schwarz allerdings, während Sa-
lomo schon eher grau war, und die starken Brauen
und die weit geschnittene Wölbung der Augen,
aber gerade hier war etwas anders: es war der
Blick und die verkniffene Anspannung der Lippen.
Seinem Blick fehlte der Ausdruck umfassenden
Schauens, der für Salomo so charakteristisch war.
Rehabeams Augen schauten nicht. Sie nahmen
glänzend und ohne Tiefe die gegenständliche
Nähe wahr, rasch, ein wenig gehetzt hin- und
herblickend. Seine Lippen waren, bei gleichem
Schwung, schmäler als die Salomos, weil sie zusam-
mengepreßt waren, wo Salomos Mund nur locker
geschlossen, manchmal sogar leicht geöffnet war,
was den Eindruck vermittelte, er stünde mit den
Erscheinungen seiner Umgebung in spürender
Berührung.

»Er sieht ihm ähnlich«, dachte die Königin, »aber er ist entschieden ein ganz anderer Mensch. Ihre Beziehung stelle ich mir schwierig vor.«

»Wohin so eilig«, rief Salomo, »hast du vergessen, daß heute Gerichtstag ist und ich dich da an meiner Seite wünsche?«

»Ich weiß es«, murmelte der Sohn mürrisch, und dann lauter: »Ich bin mit Freunden verabredet.«

»Und das ist wichtiger als das Gericht?« fragte Salomo scharf.

»Im Rennstall bei den Pferden. Wir haben heute ein Rennen vor.«

»Bist du ein pferdenärrischer Knabe oder der zukünftige König? Zum Regieren brauchst du nicht reiten zu können. Dagegen Recht sprechen sehr.«

»Ich weiß, daß du für Pferde nicht viel übrig hast, aber ich meine, daß ein König auch das Reiten beherrschen sollte! Schließlich muß man für einen Krieg gerüstet sein.«

»Wer redet von Krieg? Wir haben keine Kriege mehr, das ist vorbei. An den Grenzen herrscht Friede, und es ist dafür gesorgt, daß er uns erhalten bleibt.«

»Friede, für den du Land an Hiram verschenktest«, antwortete Rehabeam verdrossen.

»Glaube nicht, daß du mich mit diesem abgedroschenen Vorwurf treffen kannst. Hiram ist ein bedeutender und redlicher Mann, aber die Geschäfte, die wir miteinander machen, übersteigen noch deinen Horizont. Und jetzt kein weiteres Nörgeln, du kommst mit.«

Rehabeam fügte sich, aber er hatte um den Mund einen gefährlichen Zug, der nur entschärft war durch einen Anflug von Angst. »Wie ich das kenne«, dachte die Königin, »sie sind alle widerborstig, die Söhne, und wollen es anders machen als die Eltern. Der da ist – wie meiner – in einem gefährlichen Alter. Ich habe, als ich jung war, meinem Vater auch nicht alles abgenommen, aber ich machte es geschickter. Ich machte mich eher lustig über die väterliche Gewalt und haßte daher nicht. Armer Salomo.«

»Er ist in einem unangenehmen Alter«, brummelte Salomo, »und obendrein in unangenehmer Gesellschaft. Die neueste Hofmode macht ihm mehr Sorgen als die Entwicklungen des Landes, über das er vermutlich bald herrschen soll.«

»Grämt Euch nicht zu sehr deswegen«, tröstete die Königin, »die meinen sind nicht viel anders. Denke ich an meinen Ältesten, der mein Nachfolger werden soll ... da habe ich ihn nach Ägypten geschickt, damit er an einem großen Hof den letzten Schliff bekommt und vor allem lernt, wie man regiert, und was tut er? Treibt sich mit anderen Windbeuteln seines Alters und seines Standes auf Enten- und Nilpferdjagden herum, und sein ganzer Ehrgeiz scheint darin zu liegen, daß er für einen echten Ägypter gehalten wird und alles arabisch ›Provinzlerische‹, wie er sich ausdrückt, abstreift. Ich entnehme es nicht nur seinen Briefen, sondern auch – natürlich in geschönter Form – den Berichten meiner Handelsagenten, die ich auf ihn angesetzt habe. Im gesteiften Halskragen soll er herumstelzen und flüssig den Jargon der anderen Schnösel beherrschen, die sich alle mit nichts Ernstem beschäftigen, weil ihre Väter fleißig und strebsam waren und es ihnen leid ist, es ihnen gleich zu tun.«

»Der meinige liegt mir auch dauernd in den Ohren wegen Ägypten. Hier könne er nichts mehr lernen für die Regentschaft. Statt daß er sich mit dem Volk vertraut macht, das hier schwieriger ist als sonstwo. Was wird er tun, wenn ich nicht mehr bin? Drücken wird er das Volk, drücken, wie Ägypten drückt, nur daß sich die Hebräer das nicht gefallen lassen. Und was dann?«

»Schaut, Salomo«, sagte die Königin, »ich verstehe Eure Sorgen, denn ich habe die gleichen. Auch ich habe meine Kümmernisse und niemanden, mit dem ich sie teilen könnte, weil ich meinen Sohn nicht vor den Ministern und Höflingen anschwärzen möchte, die ihm nach mir gehorchen sollen. Aber eine gewisse Gerechtigkeit muß man unseren Sorgenbuben doch zukommen lassen: sie haben es nicht leicht mit uns!«

Die Leute drängten sich bereits um den Richterstuhl. Vor Salomo trat ein Paar mit einem kleinen Kind. Der Knabe mochte ein und ein halbes Jahr sein und hielt sich an den Rockfalten der Mutter fest. Der Mann, ein knochiges, wettergegerbtes Gestell, machte ein grimmiges Gesicht. Die Frau, klein und rundlich, wirkte lebhaft und offen. Er hatte zwar das Wort ergriffen, tat sich aber schwer in Rede und Formulierung. Er stieß Satzbrocken hervor, aus denen man vor allem Worte vernahm wie »Bankert«, »Bastard«, »das Weib da«. Sie versuchte das Wortgeheul geduldig in verständliche Ordnung zu bringen, wobei der Mann ihr immer dazwischenfuhr mit seinem zornigen Gestammel. Schließlich ergab sich folgende Geschichte: Der Mann war Karawanenführer und oft lange weg von zu Haus. Die letzte Reise nach Mesopotamien mit Aufenthalten in den wichtigsten Städten hatte fast zwei Jahre gedauert. Als er nach Hause kam, trat ihm seine Frau mit einem Kind am Arm entgegen. Es hatte ihn wie ein Wetterschlag getroffen. Trotz Bemühung seinerseits waren sie seit zehn Jahren kinderlos geblieben, und nun hatte sie ein Kind geboren, das einfach nicht das seine sein konnte.

»Mit einem Bastard kommt mir das verfluchte Weib entgegen und erwartet noch, daß ich es herze!« drückte der Ehemann zornrot heraus.

»Wer hat von Herzen geredet«, mischte sie sich ein, »ich erzählte ihm die Wahrheit, ehe er noch losdreschen konnte.«

Es ging so zu: Als sie abends, allein in der Hütte, kniend den Boden saubermachte, wurde die Tür aufgerissen, herein stürzte ein Mann, näher konnte sie ihn nicht beschreiben, denn er machte sich über sie her, bevor sie noch aufstehen konnte, verrichtete sein grobes Geschäft an ihr, so wie sie war, auf Knie und Hände gestützt, und flüchtete wieder zur Tür hinaus. Sie hatte sich sofort laut weinend zur Nachbarin begeben und alles erzählt. Diese hatte mit viel Teilnahme zugehört, Zwischenfragen gestellt, sie die wichtigsten Passagen der Geschichte wiederholen lassen und dann ungesäumt alles wortwörtlich in der näheren und ferneren Nachbarschaft verbreitet. Aber vorläufig gab sie sich hilfsbereit und nannte ihr sogar die Adresse einer Frau, die Tränke bereite, um eine ungewollte Einwohnung, mit der man rechnen mußte, wegzuschaffen.

Etwas aber ließ die Frau zögern, die Kundige aufzusuchen, nämlich ein merkwürdig zärtliches Gefühl, das sie, ohne zu wissen wie, für das Kuckucksei in ihrem Leib entwickelte. Was anfangs nur Haß und Unbehagen war, wurde ganz allmählich zu einem starken Beschützerdrang, und als sie den kleinen Fremdling, leicht übrigens, geboren hatte, war die bestürzende Szene mit dem frechen Unhold in ihrem Gedächtnis fast verblaßt, und sie hegte und nährte den Säugling mit derselben Hingabe, als wenn er im ehelichen Bett gezeugt worden wäre.

Salomo hörte aufmerksam zu, den Ellbogen auf ein Knie gestützt, das Kinn in seiner Hand. Nach einem kurzen Schweigen winkte er das Kind vor seinen Richterstuhl. Die Mutter schob es vor, und der Wicht kam, zwar auf unsicheren Beinen, aber geradewegs, und erhob seinen Kopf, den schwarzes Gelock wie eine Mütze bedeckte, zu Salomo und schaute ihm direkt ins Gesicht. Dann verlor er die Balance, ließ sich mit gestreckten Beinen auf seinen kleinen Hintern fallen und begann den Boden um sich zu untersuchen. Salomo betrachtete ihn eine Weile, und dann sagte er:

»Er ist wohlschaffen, glatt und rund um und um und scheint sich vor nichts zu fürchten. Ein deutlich gut gehaltenes Kind.«

»Ein Bankert und Bastard«, schimpfte der Gatte, »fremde Brut, mir ins Haus geschmuggelt, und man kann nicht einmal sicher sagen, ob es wirklich Gewalt war ... mag sein, daß sich das Weib gar nicht so grauste, hinge sie sonst so an dem Gossenbalg?«

»Das ganze Viertel kann bezeugen, was geschehen ist. Das Schreien und Lamentieren bei und unmittelbar nach dem Vorfall, ich habe alles der Nachbarin anvertraut«, schluchzte sie und drückte das Kind an sich, das wieder zurückgekrochen war. »Was kann der Kleine für die Manierlosigkeit seines Erzeugers? Sollte ich ihn verhungern lassen oder in der Wüste aussetzen?«

Salomo dachte eine Weile nach, dann richtete er das Wort an den Mann, der ihn mit grimmiger Miene und wilden Augen anglotzte.

»Höre, Karawanenführer, deine Ehe war zehn Jahre kinderlos geblieben.«

»An mir ist es nicht gelegen, ich habe fleißig wie nur einer ihren dürren Acker bestellt!«

»Wenn es an dir nicht lag, an wem dann? Die erste und einzige Begegnung mit dem fremden Säer ging auf zu wohlgestalteter Frucht. Also ist nicht der Acker taub, sondern dein Samen. Ist es so oder nicht?«

Der Hahn schlug die Augen nieder. Es fiel ihm kein Widerspruch ein.

»Nun sage, Kameltreiber, hast du dir Kinder gewünscht, vielleicht darum zum Herrn gebetet?«

»Geopfert habe ich und den Priestern fette Lämmer hineingeschoben, aber sie fraßen sich voll, und Gott erhörte mich nicht.«

»Was willst du noch, schimpf nicht auf Gott und die Priester! Du bist ja erhört, und nicht nur auf die billige, böckische Art, sondern Gott erbarmte sich der Dürre deiner Lenden und schickte einen, der es für dich tat. Der Vagabund und wüste Rammler war sicher von Gott selbst gesandt, ja vielleicht sogar ein Bote, ein Engel in Lumpengestalt, damit er es für dich besorgte, und jetzt bist du Vater eines gesunden, wohlgestalteten Knaben und rülpst von ›Bankert‹ und ›Aussetzen‹, daß einem schlecht werden kann. Du nimmst jetzt augenblicklich Frau und Kind und gehst in den Tempel und bringst ein Dankesopfer dar für das Himmelsgeschenk, aber keine magere Ziege oder wundgerupfte Henne. Was Ordentliches, hörst du? Laß dich es was kosten, denn bezahlen könntest du es gar nicht, so groß ist der wahre Wert. Und künftig nichts mehr von ›Balg‹ und ›Bastard‹!«

Die Familie wandte sich Richtung Tempel. Die Frau strahlte, und der Mann führte, noch immer grimmigen Blicks, das Kind aus Trotz an der Hand.

Der Gerichtstag war zu Ende. Salomo, Rehabeam und die Königin verließen den Saal.

»Wie findet Ihr meine Rechtsprechung, Königin?«

»Exzellent! Die Verhandlung mit dem Ehepaar und dem Sprößling fragwürdiger Herkunft hat mir ausgezeichnet gefallen!«

»In meinen Augen war das ein krasses Fehlurteil«, stieß Rehabeam hervor, »wider das Recht und die Wahrheit, denn die Wahrheit ist, daß der Knabe ein Bankert ist, auf die scheußlichste Weise gezeugt, ob es nun eine Vergewaltigung oder ein Ehebruch war!«

»Man hätte also deiner Überzeugung nach die Frau steinigen, das Kind aussetzen und den Mann weiterhin in seiner düsteren Trotzigkeit garen lassen sollen? Denn das gebietet die Wahrheit, so wie du sie verstehst. Mit dem Begriff der Wahrheit, mein Sohn, gehst du mir zu wacker um, denn du denkst nicht darüber nach, was die Wahrheit oft ist. Die Wahrheit kann heilen, aber sie kann auch sehr verletzen. Und öfter tut sie letzteres, wie das Leben zeigt. Aber ich tröste mich mit deiner Jugend. Solange man noch nicht von gewissen Wahrheiten gebissen worden ist, mag man das Wort leichthin verwenden.«

»Du wirfst mir meine Jugend vor und stellst sie gegen deine weise Erfahrenheit, die dir der Umstand der Lebensjahre gibt. Daran bin ich schon gewöhnt, daß du mich als jungen, unerfahrenen Schnösel abfertigst. Aber das mit der Wahrheit ist ja gar nicht einmal mein größter Vorwurf!«

»Du hast also noch etwas im Hinterhalt wider mein Urteil?«

»Ja, etwas Ernstes: nämlich daß du mit deinem Urteil die Betroffenen gedemütigt hast. Du hast sie nicht für genügend gescheit und gut und reif gehalten, mit der Wahrheit umzugehen. Wenn du mit dem Volk und auch anderen Leuten zusammentriffst, ist immer diese stille Mißachtung im Spiel. Eine Art Spott. Du nimmst sie nicht für voll, jedenfalls nicht für deinesgleichen.«

Salomo schwieg leicht betreten, die Königin aber sagte beschwichtigend:

»Schau, Rehabeam, ich darf doch du zu dir sagen, du bist nicht älter als mein eigener Sohn, und ich kenne das Denken der Jungen. Also, Rehabeam, du hast jetzt etwas sehr Treffendes gesagt und dich für den Anspruch der Niedrigen eingesetzt, ernst genommen und in ihrer Würde nicht verletzt zu werden. Ich gleiche deinem Vater in der leicht spöttischen Art, mit dem Volk umzuspringen. Aber stell dir einen Herrscher vor, der in jeder Lage den Seinen Würde und Ehre zollt. Du wirst selbst erfahren, welch windiges Gebräu ein solcher Staat und das Leben jedes einzelnen ist. Würde man ihm jederzeit die Wahrheit sagen, man nähme ihm jede Seelenruhe. Denk nochmals an das Paar mit dem kleinen Bankert. Wie würden sie sich mit der ›Wahrheit‹ fühlen, und wie fühlen sie sich jetzt, wo sie ein bißchen angeflunkert und ihrer ›Würde‹ weniger geachtet wurden? Denk nach, Rehabeam! Du mußt uns nicht offen recht geben, denk es nur bei dir: wärst du lieber als ein gottbeholfener Vater vom Gericht nach Hause gegangen oder als ein trüber Würdebold, dessen Ehre geschont wurde durch eine gesteinigte Frau und ein ausgesetztes Kind?«

Rehabeam verabschiedete sich, immer noch finsteren Blicks und mit vorgeschobener Unterlippe, obwohl im geheimen erhöht durch das Lob der Königin.

»Das habt Ihr glänzend gemacht, ich bewundere Euch.«

»Ihr müßt mich nicht bewundern, eher bemitleiden. Ich habe zu Hause die gleichen Sorgen, und meiner Brut gegenüber gelingt es mir gewöhnlich nicht, so besonnen zu sein. Es ist ja von der Sache her kaum möglich. Die Jugend denkt einfach in Gegensätzen: gut – böse, Wahrheit – Lüge. Erst in der Reife begreift man verblüfft und beunruhigt, daß Wahrheit und Lüge keine krassen Gegensätze sind, sondern daß es dazwischen eine Unmenge Nuancen gibt, daß auch nicht das Wahre eindeutig und immer besser als die Lüge ist, sondern oft tiefere Wunden schlägt. Das dämmert uns erst im Alter. Aber stell dir einen Sohn vor, der aus lauter Gehorsam die dumme, sympathische, in ihrer absoluten Überzeugtheit so großprotzige Glorie der Jugend verspielt und wie ein Alter raisonniert! Möchtest du so einen? So eine Kümmerform der Jugend?«

»Nein, wahrscheinlich nicht.«

»Ja, so ist das mit den Kindern«, sagte die Königin. »Man mag sie mit noch so viel Sorgfalt und Liebe und Verantwortungsbewußtsein erziehen, man macht es immer falsch. Und die Folge ist, daß sie es nicht erwarten können, sich abzunabeln, und lauthals ihre Erkenntnisse herauskrähen, die ebenso haarsträubend wie rührend sind und einem total die Lippen verklemmen. Immer ist es jedenfalls ein Widerspruch zu dem, was unsereiner gesagt hat. Widerspruch um jeden Preis. Man möchte sie ohrfeigen und streicheln zugleich.«

»So ist es wohl Gesetz im Leben, daß Kinder den Eltern nur widersprechen können – und das möglichst derb –, damit sie vor sich selber sagen können: ich bin erwachsen, selbständig und klüger als Vater und Mutter. Seltsam dieses Bedürfnis, den Vater zu überflügeln, statt ihm gleich zu sein. Ich halte mich für einen toleranten Vater, der zu verstehen sucht, soweit das möglich ist!«

»Sicher, ich halte mich auch für großzügig. Aber vergeßt nicht, unsere Söhne haben uns vor der Nase. Uns, die wir etwas geleistet haben. Das ist ein schwerer Brocken, der ihnen im Magen liegt, ein borstiges Gefilz, kaum zu verdauen. Kinder mit Eltern ohne Rang und Verdienste haben es leichter.«

»Wir haben ihnen den Boden geebnet, ihnen die ganze Plackerei des Kampfes aus dem Sumpf heraus erspart ...«

»... und es ihnen damit schwer, fast unmöglich gemacht, uns zu übertreffen oder wenigstens zu gleichen, wie es alle Kinder, besonders die Söhne, wollen. Legitimerweise wollen! Unsere haben so viel einzuholen. Das macht sie aufsässig und niedergeschlagen zugleich und treibt sie ins leere Stutzertum, weil jeder ernstere Weg blockiert ist von unserer ›Leistung‹, die sie überbieten müssen. Der Sohn eines Lastenträgers hat seinen Vater schon übertrumpft, wenn er auf der Gasse Zwirn verkauft aus einem Bauchladen, und dessen Sohn sitzt vielleicht schon im Basar mit seiner Ware.«

Sie sahen Rehabeam nach, der die Blicke der beiden Alten im Rücken als ein nervöses Unbehagen spürte, das ihn frösteln machte und ihn steif im Nacken und steif in den langen Beinen werden ließ.

Sie sahen es, konnten es ihm nachfühlen. Wie er an seiner inneren Schwäche litt, die ihn befiel nach der Zusammenkunft mit dem Vater. Er würde am Rennplatz die Pferde hetzen, bis sie Schaum im Maul hatten.

VIII

David

»Ihr müßt es auch schwer gehabt haben mit Eurem berühmten Vater.«

»Mein berühmter Vater, ja, er, der Israel groß gemacht hat mit seinen Kämpfen, die er mit List und Tapferkeit geführt und meist gewonnen hatte. Mit Tollkühnheit manchmal. Und das war es, was er an meinen älteren Brüdern so liebte und warum er mich hintansetzte in seiner Neigung. Ich bin König, weil ihm nichts anderes übrig blieb, nachdem sich die Lieblinge allesamt durch ihre Wildheit umgebracht hatten. So mußte er mich wählen, den weichen Träumer, der weder Nennenswertes beim Reiten noch im Waffengang leistete, ja diese Tätigkeiten sogar heimlich, aber doch erkennbar haßte. Wie sollte ich mich denn mit ihm messen, ihn womöglich übertrumpfen? Mein Gott, er lag mir auf der Leber!«

»Aber Ihr hattet doch gemeinsam die Begabung der Dichtkunst!«

»Meine Dichtkunst, die wagte ich ihm nie zu zeigen, denn ich war mir seines verächtlichen Spottes sicher. Viel zu weltlich, im Hoch der Liebe wie im Dunkel der Schwermut. Und er? Er flehte Gott selbst an, klagte in Verzweiflung immer zu ihm persönlich, als sei er, David, vor Jahwe im Universum der Wichtigste.«

»Da hatte ich es leichter als Ihr. Mein Vater war seinem Land ein guter König, redlich, menschenfreundlich und gerecht. Mit viel Phantasie mußte er sich nicht herumschlagen. Er blieb meiner Mutter über ihren frühen Tod hinaus treu und sah, da weitere Nachkommen nicht zu erwarten waren, in mir die künftige Königin. Bei uns ist das Sitte, man hat nichts gegen weibliche Herrscher. Er führte mich in die Regierungsgeschäfte eines Landes ein, das im Frieden mit seinen Nachbarn lebt. Mehr als mein Vater machte mir meine Mutter zu schaffen, die schön war, von der ich aber leider nichts hatte. Und da ich nie schön sein würde, beschloß ich, klug zu sein.«

»Auch kein leichtes Erbe.«

»Es ging. Es forderte weniger Gefühle als den Verstand.«

»Mag sein. Mit Verstand allerdings konnte ich meinem Vater nicht entgegentreten. Vielleicht war er mehr schlau als gescheit. Er spielte auf den Saiten der Seele wie auf seiner Harfe, mit der er Saul berückte. Seine Stärke war es, Menschen zu Ködern zu machen, zu verführen, sie zusammenzurotten und auf ein Feindbild einzuschwören. Das habe ich nie gekonnt, auch nie gewollt.«

»Man sagt, er sei ein Held gewesen und immer mitten unter den Seinen beim Kampf.«

»Ja, er war kühn, zäh, furchtlos. Das war auch Joab, sein Feldherr. Aber David hatte noch dazu etwas an sich, das die Leute auf der Straße zur Weißglut der Begeisterung hinriß, sie vergaßen, daß es im Kampf auf beiden Seiten Tod und Ver-

stümmelung gibt, verheerte Äcker, erschlagene
Frauen und Kinder. Nach jeder Schlacht, ob einer
siegt oder verliert, schallt das Gejammer aus den
geplünderten Hütten, und die Wehfrauen in ihren
schwarzen Kleidern klagen in den Gassen. Trotzdem wollen sie alle das große Geraufe, und kaum
sind die Toten kalt unter der Erde, schreien sie wieder nach Krieg. Und der König, der ihnen das verschafft, ist groß und wird bejubelt.«

»Wie ich das kenne! Einem König, der sie für den
Kampf begeistert, bringen sie mehr Achtung und
Verehrung entgegen als einem Fürsten, der ihnen
Frieden, heile Glieder und volle Schüsseln beschert.
Ich habe viel darüber nachgedacht, Salomo, und ich
glaube, eine Antwort gefunden zu haben.«

»Ja? Laßt hören.«

»Der Mensch hat in den unteren Gewölben seiner Seele noch Reste der Instinkte, die Gott den
Tieren mitgegeben hat, damit sie im Dschungel
überleben können. Anstelle des Nachdenkens und
des Redens, womit wir Menschen Gefahren zu begegnen suchen, besitzen die Tiere eine angeborene
›Spürnase‹, mit der sie Bedrohungen schon von
weitem riechen können. Sie rudeln sich zusammen
und machen sich auf diese Weise stark. Sich Haut
an Haut zusammenzutun, steigert ihr Sicher-
heitsgefühl.«

»Und wir Menschen beherbergen auch noch
Reste von solchen Verhaltensweisen und greifen
darauf zurück, wenn der Verstand machtlos ist
gegen die Gefahr! Dagegen ist ja eigentlich nichts
zu sagen.«

»Freilich nicht. Nur daß Menschen sich zusammenrotten und dreinhauen, auch wenn ihnen niemand an der Gurgel sitzt. Sie raufen ohne Grund, was Tiere niemals tun. Es ist ein blinder, verkrüppelter Trieb, dem sie sich ausliefern, und ärger: dem sie nicht widerstehen können, wenn sie einen geeigneten Anführer und Hetzer haben, der ihnen den Haß auf alles, was nicht zur Rotte gehört, einzubleuen vermag.«

»Das ist wahr. Wir sind nicht Tier und nicht ganz Mensch. Wir können uns nicht mehr mit den Instinkten wehren, aber auch die Vernunft ist höchst fragwürdig. Trotzdem – wir sehen doch von Generation zu Generation, was diese sinnlosen Metzeleien auf beiden Seiten für ein Elend bringen.«

»Ihr vergeßt eines, Salomo! Ihr vergeßt, daß dieses dumme, heillose Verhalten den Menschen zu einem Glücksrausch verhilft. Was Ihr und ich für unsere Leute tun, verhält sich wie Wasser zum Wein.«

Die beiden gingen, in Gedanken versunken, nebeneinander her. Nach einer Weile fing Salomo wieder zu reden an:

»Mein Vater war ein Könner in der Aufwiegelung. Er galt als der Held und Mehrer Israels, der nicht nur seine Krieger vorausschickte, sondern selbst mitkämpfte wie ein gereizter Löwe und in bedrängten Situationen unmittelbar zu Gott sprach und ihn mit der Leidenschaft seiner Psalmen geradezu nötigte, ihm beizustehen, weil er David war, ein Gottesliebling ... und Gottesnarr.«

»Und Ihr hattet Euch vorgenommen, es einmal anders zu machen, wenn Volk und Land in Eure Hand gegeben würden?«

»Damit habe ich ja nie gerechnet. Vor mir kamen Absalom und Adonja, die außerdem viel mehr nach dem Vater schlugen. Konnte ich ahnen, daß sie umkommen würden? Von der Anlage her war ich ein Träumer, hatte weder Ehrgeiz noch Talent oder Lust zum Heldentum ... den Ehrgeiz hatte meine Mutter Bathseba, die hat es mir eingebrockt und besirrte den dummen Vater, der alterskrank darnieder lag, von der Bettflasche gewärmt. Sie hatte kein schweres Spiel. Die Lieblingssöhne umgekommen, er selbst ein hilfloser Greis. Er gab ihr nach. Sie war immer stärker als er. So trieb sie mich ins Königtum, obwohl ich nichts vom Vater hatte. Bewußt wurde ich das Gegenteil: ein Friedensfürst.«

»Es will mir gar nicht gefallen, daß ihr Euch klein macht. Für mich ist der Friede die Krone der Regentschaft und nicht etwas, was man erstrebt, weil man zum Kriegführen nicht geeignet ist. Frieden zu halten ist schwerer, als sich zu prügeln und seinen Willen mit Blut durchzusetzen, dem des Feindes und im gleichen Maß dem der eigenen. Das Volk läßt sich hineintreiben, mit Jubelgrölen, solange man es nicht zu arg zur Ader läßt.«

»Denn süß ist das Heldentum, wenn man nur die Ohren voll hat mit Kampfgeschrei und nicht das zerfetzte Fleisch sieht.«

Wieder trat eine Gesprächspause ein. Salomo hatte die Hände auf dem Rücken verschränkt und seinen Kopf gebeugt. Die Königin sah, daß ihm das Reden schwer fiel, es ihn aber auch dazu drängte. So fing er wieder mit seinem Vater an, der ihm keine Ruhe zu lassen schien, obwohl er doch lange tot war.

»Sein Heldentum, seine Frömmigkeit, das hätte ich ja hingenommen, vielleicht sogar bewundert oder beneidet. Aber er war pathetisch! David war pathetisch bis zur Schmierenkomödie. Er war einerseits ein Gefühlsmensch, andererseits mit einem scharfen und beweglichen Geist begabt. Daraus resultierte sein künstlerisches Talent, aber auch die Neigung zum theatralischen Auftritt. Das ließ ihn ohne Scham vor der Bundeslade tanzen, das erlaubte seiner Einbildung, er spreche direkt mit Gott. Er log dabei nicht. Er glaubte es selbst, wenn er seine Szenen hinlegte, mitten drin war in seinem Schauspiel, so daß er die Bühne mit der Wirklichkeit verwechselte. Er war tapfer, klug, er konnte großzügig sein, er war aber auch eitel, anschlägig, rücksichtslos, und immer stand er auf der Bühne. Aber gerade damit brachte er die Menschen auf seine Seite. Er hat sich ihrer bemächtigt, denn bei ihm war alles aus einem Guß. Schon als er an Sauls Hof kam, um ihm mit seinem Saitenspiel das verfinsterte Gemüt aufzuhellen, begnügte er sich nicht mit den seelenbeschwichtigenden Klagen, er wollte mit dem Spiel und seiner spielenden Person den König einnehmen. So, daß Saul ohne ihn nicht mehr auskam und deswegen in Angst fiel und David verfolgte, weil er sich vor sich selbst fürchtete und vor dieser Fessel an den Knaben.«

»Er war damals ein halbes Kind. Glaubt Ihr, er war sich seiner Wirkung bewußt?«

»Solche Gaben, wie David sie hatte, wirken schon, ehe der Träger sich ihrer bewußt ist. Bereits damals spielte, schauspielerte er mit Leib und Seele, verführte damit den König und gleich auch den Prinzen Jonathan, ohne daß er sich etwas dabei dachte. Später dann, als er erwachsen wurde, rechnete er mit seiner Wirkung, und gleichzeitig glaubte er daran. Seine großen Auftritte inszenierte er nicht nur, er erlag ihnen auch selbst.«

»Und wie nahmt Ihr als Kind und als junger Mann diese Vatergabe?«

»Ich wand mich vor Peinlichkeit. Schon sehr früh.«

»Konntet Ihr nicht lachen wie Michal, als sie vom Fenster aus beobachtete, wie er halbnackt tanzte vor der Bundeslade und die Beine warf?«

»Nein, ich konnte nicht lachen. Es ging mir zu sehr an die Nieren.«

»War das vielleicht, weil Ihr in Euch selbst etwas davon gespürt habt? Ihr habt die poetische Gabe geerbt von Eurem Vater. Sollte nicht auch ein Quentchen Theatralik Euer Erbgut sein? Ein Quentchen Pathos?«

»Kann sein, Ihr habt recht. Meines Vaters Pathos krampfte mir den Magen zusammen, in einem Schüttelfrost aus Peinlichkeit und Ergriffenheit ... ich weiß, diese Gefühle schließen einander aus ...«

»Nein, keineswegs. Ich weiß aus eigenster Erfahrung, daß sich Gefühle, die sich der Ratio nach eindeutig ausschließen, in den Rumpelkammern des Bewußtseins zu einer Einheit verflechten können.«

»Es tut mir auf meine alten Tage unbeschreiblich wohl, mit jemandem reden zu können, der alle Zwielichtigkeiten des Denkens und Redens und Fühlens versteht und nicht nur aus Achtung oder Höflichkeit vergibt.«

»Wie sollte ich nicht. Komme ich doch aus der gleichen Einsamkeit wie Ihr! Redet weiter.«

»Ja, darf ich? Da ist noch etwas, was ich über mein Verhältnis zum Vater sagen muß. Es hat etwas mit Geschmack zu tun. Guter Geschmack mag an der Außenseite Sache der Bildung und Erziehung sein, darunter aber ist er das Ergebnis der Scham. Der Scham vor Entblößung des Innersten. Ein Gefühl des Unbehagens, das ein Schutzschild ist gegen diese Entblößung. David war nicht weise. Er war einmal gut, einmal schlecht wie die meisten von uns und vertraute auf Gottes Schutz und Vergebung, so wie auch er selbst seinen Söhnen alles vergeben konnte oder Saul, der ihn hetzte. Zwei Mal hatte er sein Leben in der Hand, aber er rührte ihn nicht an. Er hatte ein großes Herz und glaubte dasselbe von Gott. Und er hatte die Gnade, daß ihm der Sinn für das Lächerliche fehlte. So konnte er seine eigene Feierlichkeit immer ernst nehmen und auch dadurch ging sie den Zuschauern ein, und sie mokierten sich nicht über ihn, diese kritik- und spottsüchtigen Hebräer.«

»Ich stelle mir David als einen glücklichen Menschen vor, gerade deshalb, weil ihm der Geschmack, diese Wurzel der Scham, seine Auftritte nicht verdarb. Und was ist so befreiend für ein bedrücktes Gemüt wie eine gut hingelegte Szene? Unsereiner spottet, macht sich lustig und redet abfällig darüber, wenn einer es kann. In Wirklichkeit aber empfinden wir einen bitteren Neid auf jeden, der auf Gottes Erde wie auf einer Bühne tanzt, und zutiefst quält uns der Verdacht, daß Gott lieber einem solchen Tänzer zuschaut als einem, der sich redlich auf dem harten Acker der Vernunft plagt.«

IX

Bathseba

Bathseba, die Witwe Davids und Salomos Mutter, hatte sich – so ließ sie zumindest verlauten – gänzlich aus dem politischen Getriebe zurückgezogen. Hatte sie das wirklich?

Abgesehen von den Ehrerbietungsbesuchen des Sohnes empfing sie täglich Visiten ihrer gut entlohnten Zuträger, die ihr alles berichteten, was sich tat im Palast und Basar. Sie war immer noch scharf auf Klatsch. So hatte sie natürlich auch von der Ankunft der Königin von Saba vernommen und lechzte danach, von ihr selbst zu hören, was es mit diesem Besuch, der ja eine lange, strapaziöse Reise voraussetzte, auf sich hatte. Sie zitierte Hudhud. Hudhud legte seinen wohlfrisierten, mit dem Federkamm geschmückten Kopf zur Seite und wandte mit adrett bescheidener Haltung ein: »Ich für meine unwichtige Person glaube nicht, daß sie vom König etwas will, etwas Konkretes, meine ich. Sie reden, soviel ich entnehmen konnte, etwa wenn mich eine nicht aufzuschiebende Botschaft nötigte, diese Zweisamkeit zu unterbrechen, reden über Gott und die Welt, über Wissenschaft und Weisheit, und wenn es einmal um Persönlicheres geht, dann in einer gewissermaßen unterkühlten, streng distanzierten Weise, soweit mir ein flüchtiger Einblick ein Urteil gestattet. Dies bestätigt übrigens auch die Dienerschaft, die manchmal kurzen Zutritt findet zu solchen Gesprächen, wenn sie beispielsweise Erfrischungen bringen, denn diese Gespräche können etliche Zeit dauern, so daß Erfrischungen nötig werden.«

»Ich muß das Frauenzimmer sehen«, schnarrte die Alte, »fädle das ein, Hudhud.«

Der Wiedehopf versprach es und zog sich nach einem eleganten Kratzfuß und einer leichten Verbeugung, die von der bekannten Schwanzrose begleitet war, zurück und eilte zu Salomo, um ihm den Wunsch seiner hohen Mutter vorzutragen.

Salomo kämpfte schon etliche Tage mit einem quälenden Unbehagen. Es war ihm klar, daß das Hofzeremoniell diese Vorstellung gebot. Er raffte sich also auf und trat vor die greise Mutter, um ihr vom Besuch der Königin von Saba zu berichten – natürlich wußte er, daß sie von ihren Ohrenbläsern schon alles erfahren hatte. Sie stellte sich hinfällig und tief verletzt, daß er es unterlassen hatte, der Mutter den Gast vorzustellen. Salomo, der die Szene sofort durchschaute, trat der Schweiß auf die Stirn beim Gedanken, die Königin einem zeremoniösen Anstandsbesuch bei der Uralten auszuliefern. Kannte er doch seine Mutter! Fürchtete er mit gutem Grund die knochenblanke und giftige Direktheit der Rede, die sich Bathseba ohne Rücksicht der Person gestattete, und das höfische Ritual erlaubte nicht, gleichartig zu erwidern.

»Ich höre, die arabische Weibsperson habe die Wüste durchquert deiner Weisheit wegen? Daß ich

nicht lache! Was treibt ihr denn da? Ich habe meine
Quellen! Dauernd steckt ihr zusammen, höre ich,
allein im Garten oder in den Gemächern. Vermutlich schnäbelt ihr schamlos. Allerdings ist sie
mir zu alt zum Schnäbeln. Um die sechzig, vermu-
ten meine Leute. Zu alt, um durchs Kokettieren
etwas herauszuschlagen von einem Mannsbild. Ich,
deine leibliche Mutter, habe das gut verstanden.
Eine Naturbegabung war ich damals. Aber ich
habe im richtigen Alter diese Methode aufgegeben
und dafür die schneidende Rede mir zu eigen
gemacht, die den Gegenspieler zum Schrumpfen
bringt. Du kennst mich.«

»Fürwahr, ich kenne Euch, Mutter. Und eben
dieser Schrumpfung wegen habe ich gezögert,
Euch die Königin auszuliefern.«

»Aber warte einmal«, dachte er plötzlich, »ich
werde es wagen. Mag sein, daß die Königin von
Saba dir die Stirne bietet.« Er dachte so: die Alte
verstand es tatsächlich, ihre Ansichten plastisch ins
Bild zu setzen. Dabei tat sie sich in der Wortwahl
keinerlei Zwang an, sprach ihre Wünsche drastisch
aus. Auch die Intrige war ihr nicht fremd, sie
beherrschte diese Kunst, als ob sie bei Hof aufge-
wachsen wäre. Die Nuance aber, der schillernde
Witz und die zarte Anspielung fehlten in Bathsebas
Rhetorik. Dergleichen Ausdrucksweise verachtete
sie und wischte das »wolkige Gesäusel«, wie sie es
nannte, mit ihrer zähen, sehnigen Greisenhand
vom Tisch. Salomo beruhigte seine Ängste mit der
Hoffnung, daß die Königin beredt und hartfellig
genug sei, um den Geschossen der hämischen

Greisin Widerpart zu geben. Nun aber mußte er sie dazu bringen, die Audienz zu erbitten. Er schlug einen Umweg ein.

»Ihr habt Eure Mutter erwähnt, Königin, und ihre interessante, aber auch leicht fatale Zwiespältigkeit zwischen Gazelle und Menschenfrau«, begann Salomo. »Meine Mutter, Bathseba, lebt noch. Eine Greisin, die sich teils aus Gebrechlichkeit, teils aus Eitelkeit nicht mehr in der Öffentlichkeit zeigt, jedoch lebhaft an allen Ereignissen des Hofes Anteil nimmt und dafür über eine Reihe von Zuträgern verfügt. Im Gegensatz zu Eurer Mutter ist sie überaus konturenscharf. Nichts von verschwimmenden Wesensgrenzen. Eine eindeutige, noch immer sehr resolute Person von großer Neugier, Willensstärke und Ungezwungenheit in der Beurteilung ihrer Mitmenschen – und zwar mitten ins Gesicht. Ich sage Euch das gleich, damit Ihr gefaßt seid, denn ich kann Euch nicht ersparen, sie zu sehen. Sie verlangt es unbedingt. Ich entschuldige mich schon im voraus für ihre unausbleiblichen Anspielungen und Insulte. Ich bitte Euch, geht trotzdem hin! Mir zuliebe, wenn ich so etwas verlangen kann. Nicht auszudenken, was sie mir und dem ganzen Hof an Szenen hinlegen würde, wenn ihr Euch weigern würdet, ihr Eure persönliche Aufwartung zu machen … Ich selbst werde dieser Zusammenkunft nicht beiwohnen – aus reiflich erwogenen Gründen, mit denen ich Euch nicht langweilen möchte.«

»Das reiflich Überlegte wird wohl etwas sein, womit sich die Männer überall in der Welt reinen

Gewissens aus einer peinlichen Situation zu schleichen verstehen. Ist es nicht so, Salomo?«

»Ihr könnt recht haben. Und mit dieser Bemerkung habt Ihr mir deutlich bewiesen, daß Ihr meiner Muter durchaus gewachsen seid. Wenn es möglich wäre, würde ich sehr gerne dieses Zwiegespräch beobachten. Natürlich von unsichtbarer Position aus.«

Als die Königin, innerlich gewappnet, in die Gemächer der Altfürstin trat und vor der Greisin ihr Knie beugte, geriet sie beinahe aus der Fassung. Da hockte etwas, lose in Brokat gewickelt, aus dem reisigdünne Beine herunterhingen, die den Boden nicht erreichten. Flüchtig mußte die Königin an ein Kind denken, das auf einem Sessel sitzt, für den es noch zu klein ist. Aber dann zogen die Hände ihre Aufmerksamkeit an sich, arthritisch umkrallten sie die Stuhllehnen mit erstaunlicher Festigkeit. Was aber die Besucherin wirklich zusammenschrecken ließ, war das Gesicht, das sich aus den steifen Hüllen schob: ein zur Runzelbirne geschrumpfter, nahezu kahler Kopf; ein durch Zahnlosigkeit nach innen gezogener, lippenloser, verbissener Strichmund; die Kinnpartie mit borstigen Haaren bewachsen, eine großporige Nase und neben deren Wurzel, ziemlich engstehend, brauen- und wimpernlos die Augen. In violettes Runzelwerk gebettet, starrten diese schwarzen Augen sie an. Auffallend blanke Augen von ungebrochen jugendlicher Wachheit und dem erschreckenden Ausdruck einer unverhüllten Bosheit. Von einem Kälteschauer überrieselt, betete die Königin die dem

Anlaß entsprechenden Formeln herunter. Das verhutzelte Ungeheuer antwortete auf die zeremoniellen Begrüßungsworte. Die Stimme war ein heiseres, tonloses Krächzen, durchsetzt von Pfeiftönen, welche das Einziehen des Atems begleiteten. Übergangslos und ohne Pause, mit einer erstaunlichen Energie und Luftreserve begann die Königinmutter ihren Sermon.

»Seiner angeblichen Weisheit wegen bist du also gekommen, du nicht mehr ganz Junge, und hast dich deswegen den Strapazen der langen Reise ausgesetzt? Ich weiß ungefähr, wo Saba liegt, ein Flecken Wüste, irgendwo im Süden. Ich gehöre nicht zu den unwissenden Weibern, die über die Mauern des stinkenden und parfümierten Frauenhauses nicht hinaussehen, und als mein Sohn unmündig war, und auch später noch viele Jahre, hatte meine Stimme im Regentenpalast durchaus Gewicht. Ich habe lange mitgemischt. Sogar als ganz junges Ding bei David, wenn auch damals mehr hinten herum, damit er nicht merkt, daß ich ihn gängle. Als Mann war er sehr eitel, aber ich wußte ihn zu nehmen – zum Unterschied zu den anderen Weibern, die er hatte, obwohl ich viel jünger war und alles andere als eine höfische Erziehung oder Erfahrung hatte. Ich habe mir zu helfen gewußt. Schon als ich Uria nahm, den gutmütigen Tölpel, kletterte ich eine Stufe aus der Gosse meiner Geburt. Immerhin war er etwas in der Armee. Aber ich hatte – was Euch Hofpflanzen allen fehlt – den zähen Ehrgeiz und die Anschlägigkeit meines sehr unterschätzten Standes, und als das gewitzte Mädchen, das ich damals war, merkte ich bald, wie unser Hausdach zum Dach des Palastes lag und ging rüstig ans Werk. Ich weiß nicht, ob es bis in Dein Wüstenloch gedrungen ist, aber in den zivilisierten Zonen ist die Geschichte bekannt, wie ich, als David faul auf seinem Dach saß, ausführlich auf dem meinen ein Bad nahm und mir Zeit damit ließ, daß er genau herschauen und merken konnte, was an mir dran war, in jenen Tagen. Und wie es eingeschlagen hat! Gleich wurde ich ins Königshaus beordert, dem hinderlichen Uria hat man einen heldenhaften Schlachtentod verschafft, und ich wurde Königin. Als dann Salomo zur Welt kam, war es für mich schon ausgemacht, als er noch die Windeln beschmutzte, daß er David auf den Thron folgen und ich Königinmutter werden würde, obwohl in der Reihe vor ihm noch ältere Söhne waren, kriegerische Lümmel, wie es David gefiel, aber sie kamen um durch ihre eigene hitzige Dummheit. Der Kleine, sorgfältig von mir und den Leuten, die ich dafür gewählt hatte, behütet, war fein und gescheit. Von ganz anderem Kaliber als die tölpischen Prinzen. Als er dann in die Jahre kam, wo besonders den Knaben das Hirn in den Bauch fällt, schuf ich kluge Abhilfe und führte ihm fleißig Weiber zu, was die Schweinereien so eines Halbwüchsigen in Grenzen hält.«

Die Königin hatte still und aufmerksam zugehört, wie es aus der Alten herausfloß in heiserem Gemurmel und sich gewundert über deren unverblümten Stolz auf ihre Intrigen.

Die Königinmutter schwieg nur kurz, um frischen Atem zu holen.

»Seiner Weisheit wegen bist du also gekommen?«

Sie kicherte, und es hörte sich an, als schüttelte man trockene Erbsen durcheinander.

»Das macht eine Mutter schon lachen, wenn man von der Weisheit des eigenen Sohnes reden hört und in den Fingern noch den Griff spürt, mit dem man sich über die Trockenheit seines Kittels informiert hat. Mich gewitzte Alte belustigt das: seiner Weisheit wegen! Ich, seine Mutter, obwohl blutjung damals, war fix und gerissen und spann Intrigen für seine Thronfolge, während er, ein selbstvergessener Narr, träumend durch seine Tage trieb. Dabei ritt ich ihn zum künftigen König, ohne daß er es merkte. Die anderen Frauen Davids waren ja nichts als ihr Junges schleckende Mutterkühe, deren Brut sich selbst zerstörte, weil sie keine voraussehende Erziehung hatten, sondern nur dreinschlagen konnten. Du bist also wirklich wegen seiner Weisheit gekommen? Was bist du für ein seltsames Frauenzimmer, das einem Mann nachrennt wegen seines Kopfes? Na ja, für das andere bist du ja schon eindeutig zu alt, wie ich dich da sehe, wenn auch nicht ohne eine gewisse Stattlichkeit, aber die Falten um die Augen und den Mund und besonders am Hals – ich würde an deiner Stelle Schmuck am Hals tragen, damit man sie nicht so deutlich sieht, die queren und die senkrechten Falten. Nun gut, es ist deine Sache. Wenn man nur auf gelehrte Gespräche aus ist, dann mag einem das gleichgültig sein, und sein Typ bist du ohnehin nicht, wärst du auch als Junge nicht gewesen. Da hatte er es mit den Weichen, Weißhäutigen mit dem feuchten Augenaufschlag und den Ringellöckchen. Kaum zu glauben, wie primitiv, dieser große Simpel. Aber jetzt sag mir einmal wirklich, was tut ihr da miteinander? Ich höre ja durch meine verläßlichen Quellen – oh ich weiß noch immer genau, was im Palast und außerhalb geschieht –, ihr steckt dauernd beisammen und unterhaltet euch stundenlang angelegentlich. Politisches kann es doch nicht sein. Dafür liegt Saba zu weit weg von Jerusalem, und für den Handel hat er seine Leute, und du hast wahrscheinlich die deinen. Also, was tut ihr?«

»Wir reden, Köngin.«

»Ihr redet. Komm mir nicht so! Mir kannst du so nicht kommen, so herabgesetzt ich auch aussehen mag, eine wie dich stecke ich noch immer in die Tasche. Täusch dich da nicht. Was redet ihr, worüber, warum?«

Jetzt hätte die Königin, in der sich während des endlosen Gebrabbels und Gekrächzes der Alten allerhand angestaut hatte, gerne gesagt: »Das geht dich gar nichts an, bleib in deinen Schranken, altes Biest!« Aber das sagte sie natürlich nicht, sondern hielt streng an sich und wahrte die schöne Form.

»Über alles Mögliche sprechen wir miteinander, was eben zwischen Herrschenden sich ergibt und von Regent zu Regent von Interesse ist, wenn man mitten in diesen heiklen Geschäften sich befindet, noch nicht draußen und im Abseits ist, sondern mitten im Getümmel.«

»Das habe ich ihr gegeben«, dachte die Königin, erschrak aber gleichzeitig, als sie sah, wie der Schrumpfmund sich noch tiefer einzog ins Faltennetz und die blanken, kleinen Augen hervortraten aus den violetten Kratern und eine so abgrundtiefe Bösartigkeit abschossen, daß sie es fast wie Stiche auf der Haut fühlen konnte.

»Daß ich nicht lache«, pfiff die Alte heiser, »von Regent zu Regent! Freche Schnepfe, die aus dem struppigen Nest da unten in Arabien kreischt und schnäbelt – und er, ein eitler Träumer mit goldfressenden Liebhabereien, der seine Männer fronen läßt, statt ihnen Schwert oder Keule in die Pratzen zu zwingen und sie an die Grenzen zu treiben, damit sie sein Land vergrößern. Aber Schluß jetzt«, sagte sie wesentlich ruhiger, »ich habe mir dich angeschaut und kann mir ein Bild machen. Viel ist nicht dahinter, und was ihr beiden miteinander zu schnattern habt, stundenlang, braucht mich wahrhaftig nicht zu beunruhigen. Hochgestochen und ohne handfeste Bedeutung sicherlich … weißt du was? Für eine richtige, herzwärmende Niedertracht im politischen oder auch menschlichen Bereich bist du zu einfältig, alte Urschel, nichts für ungut, ich sage es, wie ich es mir denke. Geh jetzt, ich möchte meine alten Knochen in die Daunen kuscheln und aufwärmen.«

»Nun, wie war sie?« Salomo hatte schon im Korridor vor den Gemächern gewartet und sah der Königin mit einem Ausdruck ängstlich gepreßter Verlegenheit entgegen.

»Wie es gewesen ist? Nun, die hohe Greisin

machte mich ausführlich bekannt mit der verschmitzten Art, wie sie sich mittels eines ausführlichen Bades dem spähenden Auge des Königs präsentiert, seine Begierden geweckt und sich auf den Weg gebracht hatte zur Bettgenossin und sodann zur Gemahlin Davids, nach Ausschaltung des hinderlichen Tölpels Uria; wie sie es geschickt angestellt hatte, ihr eigenes Söhnlein dem alten König, der schon so herabgesetzt war, daß er die Wärmeflasche Abischag im Bett haben mußte, als Nachfolger unterzuschieben, nachdem die Lieblingssöhne Davids sich durch ihr feuriges Temperament unter die Erde gebracht hatten. Und so wurde sie schließlich, was schon dem durchtriebenen Mädchen am Dach beim Bade vorgeschwebt hatte: Königinmutter. Natürlich wollte sie mich aushorchen, was wir miteinander treiben, und als ich ihr zu erklären versuchte, daß wir miteinander reden, verlor sie das Interesse, nannte mich eine alte Urschel und verabschiedete mich. Ich bewundere übrigens, wie flott die ätzende Rede aus diesem erstaunlich vitalen Schrumpfbündel herausfuhr. Auch wenn sie ausgesprochen harsch mit mir umging, ich habe etwas übrig für ausgereifte Sottisen.«

X

Das Hohelied

In Salomos Kabinett sank die Königin aufseufzend auf einen Sitzpolster. Es war ihr die nervöse Spannung, die sie während des Besuches bei Bathseba befallen hatte, anzusehen. Auch Salomo nahm Platz und sah mit müden Lidern auf den Teppich.

»Könnt Ihr mir meine harsche Mutter verzeihen?« sagte er betreten.

»Da gibt es nichts zu verzeihen«, lachte die Königin, »ich bin nicht so empfindlich. Besonders dann nicht, wenn mich etwas unterhält! Sie hat in ihrer direkten Art viel von sich und von Euch erzählt, beispielsweise hat sie auch erwähnt, mit welch kluger Vorsorge sie Euch über die frühen Jahre hinweggeholfen hat, in denen der Knabe sich zum jungen Mann entwickelt. Eine pikante Phase. Ich kenne sie von meinen Söhnen.«

Die Königin sah Salomo belustigt an.

»Ja,« sagte Salomo ausweichend, »sie hat mit ihrer praktischen, mehr als rüstigen Art eingegriffen.« Und nach einer kleinen Pause des Zögerns: »Wenn Ihr es genau wissen wollt: sie hat sich mit den Vorsteherinnen der besseren Frauenhäuser zusammengetan, damit diese Geeignetes für einen Prinzen in Wachstumsnöten herbeischafften. In allen Künsten erfahrene, mütterliche Frauen, die mich in den Umgang mit dem anderen Geschlecht einweihten, liebevoll und schonend.«

»Sehr verständig! Und wie habt Ihr es aufgenommen?«

»Nun, nach kurzer Verlegenheit machte ich gern und oft Gebrauch von den Wohltaten der Frauen, die sich aus Angst, Bathsebas Mißfallen zu erregen, alle Mühe gaben.«

»Habt Ihr bei ihnen die Liebe gelernt?«

»Nicht die Liebe, das geschah auf anderen Wegen. Es war ausschließlich die leibliche Seite dessen, was man Liebe nennt.«

»Nicht das Herz?«

»Wo denkt Ihr hin? Das Herz, oder was man damit meinen mag, hatte bei diesen Zusammenkünften nur die Rolle einer Luftpumpe zu erfüllen.«

»Ich bin fast so indiskret wie Eure Frau Mutter und daher frage ich Euch: Wie kamt Ihr zum ›Hohen Lied‹?«

»Ihr kennt es?«

»Ich kann es fast auswendig. Hört: ›Der Geliebte ist mein, und ich bin sein … er weidet in den Lilien … wenn der Tag verweht und die Schatten wachsen, komm du, Geliebter … ich schlief, aber mein Herz war wach … aus meinen Locken tropft die Nacht …‹ Das ist nicht das Gestammel eines halben Knaben, der an seiner ersten Liebe leidet. Und weiter: ›Stark wie der Tod ist die Liebe, die Leidenschaft ist hart wie die Unterwelt …‹ – da fehlt alle leere Sentimentalität, wie sie die meisten Liebesgedichte durchtränkt, alles Abgeschmackte,

122

Abgegriffene. Was hat Euch in so jungen Jahren gelehrt, daß die Liebe nicht süß ist, sondern hart und stark wie der Tod? Jedenfalls nicht die nüchternen Vorkehrungen Eurer Mutter.«

»Nein, nicht ihre praktischen Maßnahmen. Sie hatten ihr Gutes, kein Zweifel. Sie lehrten mich, daß der Vorgang große Annehmlichkeiten, aber gar nichts mit Liebe zu tun hat.«

»Die Liebe lebt in den unerfüllten Wünschen, rate ich richtig?«

»Ja, Ihr habt recht. Die unerfüllte Sehnsucht ist es, die das Herz zum Schlagen bringt. Erst wenn man erwachsen ist, gelingt es – manchmal – daß Gefühl und Fleisch zu einer Einheit kommen, für kurze Zeit.«

»Oder anders: Wenn Gott sich ein Vergnügen leistet, stattet er ein Menschenkind mit der Gabe aus, die zehrende Sehnsucht zu einem Gedicht zu machen. Dann kann es geschehen, daß ein grüner Halbwüchsiger mit so einem Wurf niederkommt wie Ihr mit Eurem ›Hohen Lied‹.«

»Ihr spöttelt?«

»Ja«, fuhr die Königin auf, »ich spöttel. Denn ich bin gerührt. Wollt Ihr, daß ich flenne?«

»Nein, das will ich nicht. Ich bin selbst bewegt, daß Ihr mein Gedicht einen Wurf genannt habt, zu Gottes Freude und Unterhaltung. Das wäre zu schön, wenn es wahr wäre, aber leider gehört so etwas auch zu den unerfüllbaren Wünschen. Denn das Reden darüber hat in mir die Neugier geweckt, den Ort wiederzusehen, wo das Unerfüllbare mich bedrängt und gequält hat, bis ich es mir versagt

123

habe und zu dichten begann, statt ein braunes Bauernmädchen in die Arme zu nehmen.«

»Es gibt einen bestimmten Ort? Euer Gedicht läßt an eine ländliche Gegend denken.«

»Es ist gar nicht so weit von hier; ein Spaziergang. Ein kleines Dorf drüben, über den Kidron, an den Hängen des Ölbergs. Wollen wir hingehen? Ich war nie mehr dort. Ich würde Euch gerne den Flecken zeigen.«

»Die Kulisse zum ›Hohen Lied‹ oder vielleicht sogar die Bühne und die Darsteller? Wenn es ein Dorf ist, wird sich ja nicht viel geändert haben. Gerne würde ich es sehen. Sehen, was die sehnsüchtigen Träume weckt, wenn man jung und dumm und unerfahren ist – und nicht genau hinschaut.«

»Damit trefft Ihr mitten ins Herz der Jugend. Man schaut nicht genau hin. Die Wirklichkeit gibt nur einen vagen Anstoß, um den die Phantasie dann ihre Geschichten spinnt. Laßt uns zu dem Ort aufbrechen, wo Sulamith gewohnt hat. Es ist Frühling, damals war es auch Frühling.«

Salomo und die Königin warfen sich einfache Kleider um, wie sie Landleute tragen, und verließen durch die kleine Tür in der Stadtmauer den Palast. Dann nahmen sie einen schmalen Weg durch das Kidrontal und gingen über den Bach ein Stück aufwärts. Da lag zwischen Steineichen, Wein und Oliven das Dorf. Bescheidene Hütten, Gärtchen mit Gemüse zwischen morschen Zäunen. In den Fenstern ein warmes Licht, Ziegengemecker, der Ruf eines Nachtvogels. Und über dem Dorf, zwischen Ginster, Jasmin und Thymian, raschelte es in den Büschen, Schatten liefen um die verkrüppelten Stämme der Ölbäume. Es war dunkel, aber nicht still.

Das Licht, das spärlich aus Fenstern und Türspalten fiel, gab ein wenig Orientierung. Als beide auf ausgetretenen Pfaden ins Wäldchen vordangen, wurde Getuschel hörbar, Flüstern, unterdrücktes Lachen, da ein spöttisches, dort ein zorniges Wort, ein Fluch. Die Augen gewöhnten sich ans Dunkel, und man konnte sich bewegende Gruppen im dichten Gebüsch ausnehmen.

»Komm endlich, zier dich nicht, bist doch sonst nicht so ...«

»Nicht so weit hinauf, du hast mir geschworen nur bis zu den Kniekehlen, ich bin ein anständiges Mädchen!«

»Wenn ihr die Wäsche schwenkt im Bach mit hochgestreckten Hintern, sieht man mehr!«

»Pfui, ihr Sauschwänze, ihr gafft, wenn wir arme Mädchen uns placken ...«

»Paß auf, daß du mir keinen Balg machst ...«

»Horch, die Sheila jodelt sich schon wieder hoch ... schamloses Weibsbild, lockt noch die Mütter heraus ... wenn die meine mich erwischt, schlägt sie mich mit der Rute, daß ich drei Tage nicht sitzen kann ...«

»Die Mütter kommen, lauft, lauft!«

Im Dorf hörte man Türen knarren und dann das Stapfen und Schnaufen den Hang hinauf.

»Die Mütter, die Mütter sind da, rasch, rasch!«

»Sie sind schon wieder am Werk, die Stoßböcke, die frechen. Die dummen Trullen lassen sich die

Bäuche voll machen, und wir sind es, die die Bescherung dann im Haus haben, haut sie, haut, laßt die Rute schnalzen ...«

Mit verlegener Hast drängten die beiden Königlichen aus dem brisanten Bereich, hinunter auf den breiten Weg zur Stadt zurück. Dann gingen sie eine Weile schweigend nebeneinander her.

»Sulamith«, konnte sich die Königin nicht verbeißen, »das also ist Sulamith.«

Aber als Salomo weiter schwieg, begriff sie, daß es nicht die Zeit war für billigen Spott, und sie lenkte ein.

»Kränkt Euch nicht und schämt Euch nicht, Salomo, so geht es einem in diesem unseligen Lebensabschnitt, wo wir nicht ganz in der Balance sind. Mit dem Herzen sind wir im Thymian und mit den Füßen im Kot. Um dich zu trösten und aufzuheitern, will ich dir die Geschichte oder Posse erzählen, wie das naseweise Mädchen um seine Jungfräulichkeit kam. Aber ich bin von dem ungewohnten Gelaufe ein bißchen müde, und bis zum Palast zurück ist es ziemlich weit. Gibt es hier in der Nähe nicht einen Platz, wo man etwas ausrasten kann?«

»Ja, gleich hier, nahe dem Dorf, ist eine kleine Schenke, in der ich oft saß nach meinen langen Spaziergängen und bei einem Becher Landwein an Sulamith dachte. Da! Seht Ihr das Haus? Laßt uns eintreten!«

Sie traten in einen niedrigen Raum, den nur eine kleine Ölfunzel schwach erleuchtete und ein ausbrennendes Herdfeuer. Es roch nach Rauch, ange-

126

branntem Fett und dem säuerlichen Aroma von Schweiß und verschütteten Weinen. Salomo und die Königin waren die einzigen Gäste. Da es fast dunkel war und sie Bauernkleider trugen, erkannte sie der Wirt nicht. Er zündete ihretwegen kein zusätzliches Licht an, stellte aber einen Weinkrug hin und zwei Becher. Es war ihnen recht so. Sie saßen eine Weile schweigend und stillten ihren Durst. Dann fing die Königin an zu erzählen.

»Mir wurde, wie Ihr denken könnt, nichts Williges und Erfahrenes untergeschoben wie Euch von Eurer gewitzten Mutter. Bei Mädchen schickt sich so etwas nicht. Viel unterdrücktes Gesumse bei vorgehaltener Hand, keine nüchternen Tatsachen. Natürlich hatte ich Umgang mit den gleichaltrigen Buben vom Hof, die willens, oft gierig und zudringlich waren, sich an mir zu versuchen. Ich leistete aber energischen Widerstand, nicht so sehr aus strenger Sittlichkeit, sondern weil die adeligen Zierbengel mich trotz meiner Neugier nicht reizten. Es kam zu nichts als ein paar ungeschickten Vorspielen, die mich kalt ließen, wenn nicht geradezu anekelten. Wenn der verwirrende Drang des Blutes meine Nerven rasen ließ, sattelte ich mein Pferd und jagte weit in die Wüste hinaus. Allein. Das dämpfte meine Ruhelosigkeit.«

»Man ließ Euch allein in die Wüste reiten?«

»Ja. Meine Mutter lebte nicht mehr, und mein Vater hatte mich ja schon von klein auf mitgenommen zu den Zelten der Beduinen. Er wußte, daß ich mein Pferd beherrschte und mich in der Wüste zurechtfand. Der Tod meiner Mutter hatte ihn schwer getroffen, und er hatte nicht viel Interesse an dem, was um ihn herum geschah. Für das Getuschel und Gezische der Damen vom Hof hatte er kein Ohr. Frei und ohne lästige Begleitung in die Wüste hineinzugaloppieren, das war damals für mich das Glück.«

»Und hattet Ihr niemals Angst, so allein in der Ödnis? Es hätte Euch etwas zustoßen können!«

Die Königin schwieg, den Blick in Lebensfernen gerichtet. In ihrem Gesicht mischten sich Wehmut, Spott und ein bißchen Schmerz.

»Ja, Salomo, wenn Ihr wollt, könnt Ihr es auch so sagen: es ist mir etwas zugestoßen. Aber es ist mir kein Leid geschehen dabei, ich empfinde es nicht als etwas Böses ... ja, es war bestürzend, aber gleichzeitig etwas lächerlich.«

Salomo horchte gewissermaßen mit aufgestellten Ohren. Er fragte nicht, drängte die Königin nicht, aber sie spürte seine Neugierde.

»Es war ein nomadischer Hirtenknabe. Er hütete das Kleinvieh seiner Sippe, die in Ziegenhaarzelten in einer nahen Oase lagerte. Aber nicht dort traf ich ihn, sondern in der Wüste, an einem seichten Wasserloch mit ein bißchen Pflanzenwuchs herum, an dem das Vieh rupfte. Er lümmelte im Gras und trällerte dabei faul vor sich hin, wobei man merkte, daß er im Stimmbruch war. Nichts am Leib als eines dieser braungestreiften, grob gewebten Tücher, durch die man den Kopf steckt. Er war dunkelbraun, schmutzig und roch nach Schweiß und Ziegen.

128

Ich hatte einen scharfen Ritt hinter mir. Mein Pferd und ich selbst waren durstig. Die Wüstensitte gebot mir, daß ich den Jungen, der am Wasser saß, um Erlaubnis bat, mein Pferd zu tränken. Bei meinen Wüstenritten trug ich nur ein einfaches Hemd aus grobem Leinen, mit einem Gürtel, der es an der Taille zusammenfaßte, aber er sah, daß mein Pferd von edler Rasse war. Er sah auch, daß mein Gesicht nicht den Stempel der Wüste trug, geprägt von der Hitze des Tages und der Kälte der Nacht. Er mußte mich für ein Stadtkind halten. Auf mein höfliches Ersuchen, mich an dem Wasser zu erfrischen, hob er gnädig die Hand und bedachte mich mit einer abschätzigen Geste. Dabei gaffte er mich mit neugierig geweiteten Augen an. Zwischen den sehr vollen Lippen im leicht offenstehenden Mund stand eine blanke Reihe gesunder Zähne. Einer fehlte. Schwarze Locken fielen ihm in die niedrige Stirn. Den muskulösen Hals trug er aufrecht zwischen den geraden, breiten Schultern. Ein paar Ringellocken an den verschwitzten Schläfen gaben ihm etwas Keckes.

›Ich werde jetzt mein Pferd an deiner Wasserstelle tränken und auch mir selbst die Staubschicht vom Gesicht spülen‹, sagte ich etwas anmaßend, nicht aus Hochmut, mehr aus Verlegenheit, denn diese derb anmutige Erscheinung mit den runden, schwarzen Augen und dem Stirngelock hatte mich auf undeutbare Weise aus dem Gleichgewicht gebracht.

Weil ich müde war und auch das Pferd schonen wollte, setzte ich mich unter den Schatten der mageren Palmen, die das Wasserloch säumten.

Die Sonne stand hoch. Es ging ein leiser Wind. Es herrschte die leicht schläfrige Stimmung des frühen Nachmittags. Hätte der Knabe nicht gegafft mit offenem Mund, hätte ich wahrscheinlich ein bißchen geschlafen. Ich brach das Schweigen und sagte etwas spöttisch: ›Laß dich nicht abhalten, mach den Mund zu und schlaf.‹ Das brachte ihn gewissermaßen zur Besinnung. Er lächelte etwas dümmlich und schob sich ein Stückchen näher an meine Seite. Sah aber auf die andere, riß nervös ein paar Halme ab, schob sich einen zwischen die Lippen und kaute daran. Ich schwieg, musterte ihn von der Seite und empfand plötzlich das dringliche Bedürfnis, in sein stierkalbähnliches Schläfen- und Stirngelock zu greifen und es zu kraulen. Natürlich tat ich nichts davon, aber die Lust war so groß, daß mir an der Innenseite der Arme ein leises, brennendes Prickeln hochlief.

›Du kommst aus der Stadt?‹

›Ja, ich komme aus der Stadt.‹

›Aber du bist allein, ohne Begleitung, wie es bei den Mädchen aus der Stadt Sitte ist.‹

›Ich aber bin eben allein‹, sagte ich trotzig.

Er dachte eine Weile nach, wobei er immer noch an seinem Halm nagte und seine sehr vollen Lippen einen spöttischen Zug bekamen.

›So wirst du nicht aus den Häusern der Vornehmen kommen, wenn sie dich allein herumstreunen lassen, obwohl dein Pferd von guter Rasse ist, wie ich sehe ... meine Sippe, die zur Zeit an der großen Oase lagert‹, er wies vage ostwärts, ›hat selbst keine Pferde, aber ich kenne mich doch mit Pferden aus.

Von den Fremden, die manchmal bei uns Rast machen.‹ Und dann: ›Wer weiß, woher du dieses edle Pferd hast, du selbst bist doch eine halbe Wüstenheuschrecke, wenn auch deine Züge und deine Gestalt, wie ich zugeben muß, feiner sind als die der Mädchen meines Stammes. Dein Hals ist lang und geschweift wie der einer Gazelle, deine Ohren sind klein und deine Haut ist bräunlich samten, nicht ausgedörrt und schwärzlich vom Wüstenwind.‹

Er schluckte stark, was seinen ziemlich hervortretenden Adamsapfel sichtlich in Bewegung brachte, und seine Stimme schlug direkt ins Falsett um. Als sich der Kehlkopf wieder gefangen hatte, bekam sie ewas Rauchiges, Drängendes.

›Und deine Brüste, wie ich sehen kann, weil sich dein grobes Hemd verschoben hat, sind zart wie die Euter einer jungen Ziege.‹

Und in diesem Moment fiel er über mich her. Das klingt nach Vergewaltigung, aber es war zwar ein hitziges, heftiges, doch nicht brutales über mich Herfallen, das ich hätte abwehren können, wenn mir danach gewesen wäre. Aber es war mir nicht danach. Ich begrüßte es sogar, denn der poetische Vergleich mit dem Ziegeneuter war mir, mit dieser drängenden, rauhen Stimme ausgesprochen, plötzlich ins Blut gefahren, und als er auf mir lag, stemmte ich ihn keineswegs weg, wie es sich gehört hätte, sondern ich griff mit verworrenen Sinnen in seine schwarzen Ringellocken und kam ihm auch sonst auf das Bereitwilligste entgegen in allem, was er wollte.

Dank dem Gerede der Jüngeren unter dem Küchenpersonal, die sich oft und gern über ihre Affairen ausließen und denen ich neugierig noch mehr herauszog, als sie eigentlich sagen wollten, sowie dank ungeschickter Anbiederung der Hofschnösel, die ich abzuschnalzen verstand, war ich von der Zumutung des Wüstenschratts weder erschreckt noch sonderlich verblüfft. Für ihn, das merkte ich, war es nicht das erste Mal. Er verfügte über eine gewisse Routine.

Als wir erschöpft auseinanderfielen, richtete er sich auf einem Ellenbogen auf, zu mir gewandt, und spielte etwas träumerisch mit meinem Handgelenk. Dabei fiel ihm mein Armreif in die Augen und darauf war das Zeichen unseres Königshauses.

Als hätte ihn ein Skorpion gestochen, sprang er auf die Füße, starrte mich mit hervorquellenden Augen an und brachte mit zitternden Lippen, und auch sonst am ganzen Leibe bebend, sich überstolpernde Schimpf- und Fluchtiraden hervor. Bestürzt setzte ich mich auf, dann begriff ich, daß er sich hineingelegt vorkam und eine wahnsinnige Angst vor dem hatte, was mit ihm Schreckliches geschehen würde, weil er eine Prinzessin beschlafen hatte. Mir gab er die Schuld, weil ich ihn nicht rechtzeitig mit meinem wahren Status bekannt gemacht und auf die hohe Schranke geachtet hatte, die seinesgleichen von meinesgleichen trennt. Er weinte, und gleichzeitig nannte er mich ›Hofschlampe‹. Er fiel auf die Knie … was heißt … er schmiß sich geradezu in den Staub. Das Gesicht im Sand und sich in verzweifelter Hast Hände voll

Staub in die Locken werfend – ein Bild extremer Devotion und Selbsterniedrigung. Mit kreischender Stimme, die ihm nun dauernd ins Kinderfalsett umschlug, lamentierend ... ich verstand nur Fetzen seiner Rede, weil ihm dabei die Zähne klappernd aufeinanderschlugen, ein schluchzendes Geheule mehr als geformte Rede. Aber was er sich offenbar eingehend vorstellte und schilderte und was immer wiederkehrte, war die Strafe, die er kommen sah. ›Sie werden mich stäupen und steinigen und vierteilen.‹ Ich versuchte natürlich, ihn zu beruhigen und ihm klar zu machen, daß – in meinem eigenen Interesse – niemand etwas von unserer Untat erfahren würde. Wenn etwas herauskäme, würde auch ich es auszubaden haben, denn in manchen Dingen kenne mein Vater nichts und gebrauche mit Schwung und Kraft seine geschmeidige Peitsche.

›Was ist peitschen gegen stäupen und steinigen‹, jammerte er weiter, und heraus komme es allemal, er kenne doch das Mädchenvolk, wie es mit zusammengesteckten Köpfen klatsche und tratsche und einander alles anvertraue. Jede habe eine beste Freundin, der sie alles erzähle, zwar unter dem Siegel der Verschwiegenheit, aber unter eben diesem Siegel mache es blitzschnell die Runde, und schließlich komme es auch unter die Alten, und ihn werde man dann holen lassen von Soldaten, aus dem Zelt zerren und gefesselt mitschleifen, in die Stadt und vors Halsgericht, und stäupen und steinigen mindestens.

Die Tränen rannen ihm dick und glänzend über die Wangen und zogen Spuren in die Schmutzschicht, er schluchzte und raufte sich das Haar. Als ich geduldig versicherte, daß ich keine beste Freundin hätte, mich vom klatschenden und tratschenden Mädchenhaufen fernhielte, selbst Angst vor der Rute hätte und dem väterlichen Wutgebrüll – mein Vater sei bei aller Güte fähig zu entsetzlichen Jähzornsanfällen –, als ich ihm immer wieder meine Verschwiegenheit versicherte, beruhigte er sich etwas, verlangte aber, daß ich es ihm schwören solle, bei den großen Göttern Almaqua, Schams und Attar, zur Sicherheit auch bei den Dämonen, welche die Wüstenvölker scheu anbeten mit allerhand Begleitunrat, in rückständiger Weise. Ich schwor also, spuckte auch in den Sand, verrührte den Speichel mit dem Finger, schilderte, was ich sie bäte, mir anzutun, wenn ich den Schwur bräche, was sich grausig anhörte. Er beobachtete scharf, ob ich die Riten genau einhielt. Nur mehr etwas nachschluckend vom Schluchzen, hatte er jetzt die Unterlippe trotzig vorgeschoben und starrte mit rotziger Nase, die niedrige Stirn gerunzelt, eine Weile regungslos in den Sand. Man sah, daß er sich alles mühsam und holprig durch seinen wenig geübten Kopf gehen ließ. Aber plötzlich, ganz unvermutet, sprang er auf die Füße, spreizte sie, warf den Kopf zurück und die Arme in die Höhe und schrie mit überschnappender Stimme in die Wüste hinaus: – ›Ich bin auf ihr gelegen, ich hab sie gerammelt, die Stadtschnepfe, ich hab eine Prinzessin gevögelt.‹

Leicht ernüchtert von dieser krassen Eruption seines Triumphes und seiner Selbstbewunderung,

sattelte ich mein Pferd und beeilte mich fortzu-
kommen.«

Die Königin schwieg. Nach einer Weile sagte
Salomo: »Das ist eine wahrhaft unterhaltende
Geschichte, und ich kann mir gut vorstellen, was
für eine große Freude der Sinne Ihr empfandet in
den Armen des Stierlockigen. War das aber die
Leidenschaft, die ganz große Liebe?«

»Nein, das sicher nicht. Es war eine Überrumpe-
lung, ohne daß ich es als Gewalttätigkeit empfun-
den hätte. Und ich entzog mich nicht, weil ich neugierig war. Gerade darauf.«

»Ist es für ein Mädchen nicht immer zunächst
etwas, wovor es sich eher scheut? Denn es fehlt
doch – trotz allen Geredes darüber – die richtige
Vorstellung, eine körperliche Vorstellung, meine
ich.«

»Ja, das ist schon wahr. Eine gewisse Ängstlich-
keit ist dabei, aber größer ist die Neugier und der
Wunsch, endlich zu erfahren, wie das wirklich ist.«

»Wart Ihr nicht enttäuscht, oder ging Eure Aufklärung durch das Küchenpersonal so weit, daß Ihr
vom ersten Mal kein Fest der Sinne ewartet habt?«

»Das war mir nicht ganz femd. In der Küche
erfährt man ja allerhand aus erster Hand und ohne
die lächerlichen Umschreibungen, die von den
Eltern und Erziehern kommen. Meine Mutter
war damals schon tot, und gegen die Aufklärung
der Gouvernanten wehrte ich mich mit Erfolg. In
ihrer Sicht- und Ausdrucksweise war etwas, das
Schweigen gebot. Die Damen klagten über meinen
dauernden Protest, und ich lag meinem gutmütigen

Vater so lange in den Ohren, daß ich sie bald los wurde. Ich saß viel in der Küche herum, und so erfuhr ich alles.«

»Habt Ihr den stierlockigen Aufklärer nach diesem ersten Mal nochmals gesehen?«

»Nein, er war verschwunden.«

»Verschwunden?«

»Ja, die Sippe hatte die Oase verlassen. Ich ritt die ganze Gegend ab, aber sie waren fort ... Vielleicht hat er es sich nicht verkneifen können und bei den Zelten geprotzt, daß er mit einer Prinzessin geschlafen habe, und als die Alten das hörten, sagten sie: nichts wie weg, und brachten womöglich ihrerseits die Sache mit dem Peitschen und Stäupen aufs Tapet.«

»Hat es Euch leid getan? Hatte der Bengel das Zeug dazu, Euch einzuführen in die Geheimnisse der Lust? Habt Ihr ihn überhaupt vermißt?«

»Zuerst war ich enttäuscht. Ich stellte ihn mir vor mit seiner wackeren Schulterpartie und den kräftigen Armen, die einen so anders hernahmen als die dünnen, muskellosen Stecken der Palastjungen, mich reizte sogar das leicht banditenhafte Aussehen, das ihm der fehlende Zahn gab. Aber dann zwang ich mich zu einer genaueren Erinnerung, ich sah, daß seine Augen nicht tiefer und wärmer waren als die Wüstenkulisse, sah die groben von Ungeziefer gebissenen Gelenke und den Eselskot zwischen seinen Zehen. Vor allem roch ich ihn. Er roch nicht nach frischem Schweiß, sondern wie einer, der sich nicht wäscht, und dazu war er umgeben von Bocksgeruch.«

136

»Ihr habt ihn also wahrgenommen als das grob-schlächtige Kind der Wüste und habt ihm nicht nachgetrauert, wie er verschwunden war?«

»Nun, das eben war das Eigenartige. Ich sah ihn vor mir, wie er war. Das Bild war eindeutig. Ein Knabe von derber Zunge und trägem Geist. Gier anstelle des Gefühls. Ich sah es genau, und wenn es noch eine Weile gedauert hätte, wäre die ganze Ge-schichte im Sand verlaufen. Aber ob Ihr es glaubt oder nicht: kaum war er verschwunden, war alle Realität, die Erfahrung meiner Augen, meiner Nase und meiner Ohren wie ausgelöscht, und er war mein Hirtenknabe, den ich mit dem ganzen Zauber der Wüste umrankte. Alles Ordinäre war weggeblasen, und er stand vor meinen Augen, vor allen meinen Sinnen an dem klaren Wasser unter den paar Palmen im Gegenlicht, um die geraden, bräunlichen Schultern und mit den ungekämmten Locken spielte ein leichter Wind, in dem die Sand-körner sangen. Es ist lächerlich, aber ein bißchen schäme ich mich sogar für diese Verzauberung, die plötzlich mein Herz befiel, als die Wirklich-keit nicht mehr zum Zug kam mit ihren üblen Details. Aber ich litt. Ich litt ohne Maßen, bildete ich mir wenigstens ein, und in der Küche, der ich natürlich nichts gestand, merkte man, daß ich Ringe unter den Augen hatte und dünner wurde. ›Als wäre sie eine Verliebte!‹ sagten sie spöttisch und meinten, ich hätte ein halbwüchsiges Prinz-lein für harmlose Spiele erkoren. Ich ließ sie dabei. Die Wahrheit hätte sie entsetzt. Ein dreckiger Beduine! Aber ich litt; eine ganze Weile. Ich glaube sogar mehr, als ich jemals später in solchen Dingen gelitten habe.«

»Wenn ich es bedenke, waren Eure und meine Liebeserfahrungen gar nicht so verschieden. Nicht die Lust des Fleisches haben sie erregt, sondern die träumerische Phantasie, welche die Wirklichkeit gar nicht wahrnimmt oder sich weigert, sie wahrzunehmen. Meine Mutter hat für die Bedürfnisse des Fleisches gesorgt und geglaubt, damit die Unruhe zu beschwichtigen, die in der Jugend so bedrängend sein kann. Aber sie hat nicht den Anteil der Seele bedacht. Und Ihr fühltet diesen Anteil der Seele erst, als Ihr die Neugier des Fleisches gestillt hattet. Und nur weil er weg war, verzehrtet Ihr Euch um den wohlgestalteten Stinker.«

»Erst in Träumen wird die Liebe offenbar wach in diesen jungen Jahren. Es ist schon seltsam. Erst die Verwehrung bringt die Phantasie zum Wuchern, und die Phantasie, der Traum lehrt uns, was Liebe ist. Nicht die wackere Realität. Euch hat sie zum Dichter gemacht, ich wurde nur Tagträumerin.«

»Und beide sind wir bei dieser Traumwandlerei irgendwann wach geworden unter den kalten, sehnigen Fingern der praktischen Notwendigkeit. Als unsere Väter starben, gab es keine Wahl mehr. Keine Spaziergänge und keine Wüstenritte. Regieren, Thron sichern, Verträge schließen und dann bauen. Dabei haben wir uns erfangen, Ihr und ich.«

Wie sie so nebeneinander hergingen, ergab es sich, daß die Ärmel ihrer Gewänder aneinander-

streiften und auch eine leise, sehr flüchtige Berührung der Arme stattfand. Sie hatten sie nicht
gesucht, sie war zufällig geschehen, als der Pfad
vorübergehend enger wurde. Jeder der beiden aber
fühlte diese Berührung, und es ging von dieser
streifenden Nähe ein großes Wohlgefühl aus, das
sie überraschte. Eine gewisse Verlegenheit bemäch-
tigte sich ihrer, und sie bemühten sich, im Gespräch sachlich fortzufahren. »So liegt das Problem
meiner Ansicht nach …«, sagte Salomo, und sie
antwortete: »Ich gebe Euch recht mit einer kleinen
Einschränkung …« So redeten sie weiter lebhaft,
verständig und mit gespanntem Interesse am
Thema, gleichzeitig aber suchten ihre Arme wieder
die leise Berührung. Es war keine klare Absicht.
Es war nicht so, daß sie hinter dem Vorwand
des Gesprächs sich vorsätzlich eine Lust verschaff-
ten. Ihre Nerven und Sinne handelten in eigener
Machtvollkommenheit, die mit dem Kopf nichts
zu tun hatte. Hätte ihnen jemand zugehört, hätte er
einen Mann und eine Frau wahrgenommen, die
ganz in ein sachliches Gespäch verwickelt waren.
Aber in der Tiefe war sich jeder der beiden der
Doppelgleisigkeit ihres Zustandes bewußt, und
doppelbödig war auch ihr Gefühl: die Lust des
Geistes am Gespräch und die Lust der Sinne an der
fallweisen Berührung, die nicht stärker war, als
wenn ein Taubenflügel sie streifte.

XI

Eine Schwäche gescheiter Männer

»Diese bohrende Neugier bei euch Frauen ... da unterscheidet ihr euch nicht voneinander, wie verschieden ihr auch sonst sein mögt, ihr bohrt und bohrt, immer an derselben Stelle.«

»Von Euch hätte ich keinen solchen Gemeinplatz erwartet ... die Neugier der Frauen!«

»Jeder Gemeinplatz hat einen fetten Wahrheitskern.«

»Als ob Männer, besonders jene Eurer Art, die Neugierde nicht kennten! Habe ich Euch je nach dem Frauenhausgeniste ausgefratschelt, das ihr sicher auch in Eurem Palast beherbergt, wenn auch nicht zur persönlichen Verwendung?«

»Nun eben, darum geht es. Die persönliche Verwendung!«

»Willst du einen Mann kennenlernen, dann laß dir seinen Harem zeigen, heißt es im Volksmund!«

»Ach, mich wollt Ihr kennenlernen, von meinen Frauen Schlüsse auf mich ziehen? Da habt Ihr Pech! Meine Frauen verdanken sich nicht dem Wohlgefallen, sondern der Politik. Anstatt meinen streitsüchtigen Nachbarstämmen, -cliquen, -clans gegenüber mit den Waffen zu rasseln, habe ich ihre Töchter geheiratet. Ohne viel darauf zu schauen, ob die eine schielt und die andere hinkt. Das war

141

meine Strategie. Und im Willen, um jeden Preis Krieg zu vermeiden, sind wir uns ja, glaube ich, einig. Ich werde wohl nicht fehlgehen, wenn ich zweifle, daß Ihr aus reiner Liebe Eure Ehe eingegangen seid?«

»Da geb ich Euch recht. Ich hatte Glück. Die Heirat wurde zwar von meinem Vater nach politischen Gesichtspunkten eingefädelt, doch er hat sich bei seiner Wahl nicht nur von Staatsinteressen, sondern auch vom Wohl der Tochter leiten lassen. Der Meine, ein nabatäischer Edelmann, hat weder geschielt noch gehinkt, er hatte stramme Glieder und freundliche Augen, und wir haben uns gut verstanden, im Alltag wie auch bei Nacht. Wenn es auch nicht die große Liebe war und er dann und wann anspruchslose Entspannung bei geschulten Kebsen suchte ... ich nahm ihm das nicht übel. Er war gut zu mir und liebte seine Kinder. Als er bei einem Jagdunfall ums Leben kam, vermißte ich ihn sehr. Es war wohl das, was man eine gute Ehe nennt. Von Euch allerdings erzählt man sich, daß Ihr einen Harem mit geradezu Hunderten Insassinnen habt, so daß eine erfahrene Frau sich im Stillen fragt, wie Ihr diese Fülle bewältigt.«

»Marktgetratsche!«

»So ganz ohne ein Stäubchen Wirklichkeit ist kein Klatsch. Das Volk übertreibt, aber es erfindet nicht. Dazu fehlt es ihren Köpfen an Phantasie.«

Salomo schwieg mit mürrischem Gesicht, die Hände auf dem Rücken verschränkt. Die beiden wandelten einen der Korridore entlang.

»Nun, wie ich Euch kenne, werdet Ihr ohnehin keine Ruhe geben, bis Eure Neugier zufriedengestellt ist. Kommt also.«

Sie gingen um ein paar Ecken der langen Flure, bis man ein Geräusch hörte, als klapperten kleine Holzstückchen aufeinander. Als sie näher kamen, wurde es eine Art Geschnatter und Gegacker, wie man es auf Geflügelhöfen hört. Dann sah die Königin auch schon die Wachen vor einer Tür. Zwei große, dicke Männer mit birnenförmiger Gestalt warfen sich schwerfällig vor den König nieder, stemmten sich dann ächzend wieder hoch und öffneten die Tür. Durch schwere Vorhänge gelangten sie in den Haremsbereich. Ein stark parfümierter Dunst stieg aus dem heißen Wasserbecken in der Mitte des Raumes auf, trübte das Auge und legte sich beklemmend auf den Gaumen. Als die Königin sich an diese Benebelung der Sinne gewöhnt hatte, überblickte sie einen riesigen Raum, der durch Paravants hier und da locker unterteilt wurde und Parzellen schuf, in denen die Frauen in Paaren oder Grüppchen, selten allein, auf bunt bezogenen Kissen und Schemeln saßen. Sie schwätzten, stickten und strickten, legten Karten, sogen an Wasserpfeifen oder lutschten Süßigkeiten.

Als Salomo und die Königin erspäht worden waren, verstummte mit einem Schlag das Geschnatter, und alle Gesichter wandten sich ihnen zu, Scheiben von verschiedener Hauttönung mit runden, aufgerissenen Augen und offenen Mündern. Vornehmlich gafften sie die Königin an, mit Blicken, die auszogen, Blicken, die mit den flinken

143

Zähnchen von Kleinnagern an der Person knabberten. Unwillkürlich zog die Königin ihre Kleider enger um sich und raffte sich zu einer hoheitsvollen Haltung zusammen. Als sich der glotzende Schwarm sattgesehen hatte, wandten sich die Frauen wieder einander zu, rückten enger, und ein gedämpftes Schnattern, Kichern und Kudern hob an.

Bei näherer Betrachtung erschloß sich der Königin die Anlage des Raumes. In einer apsisartigen Nische, unter dem kühlenden Hauch springender Fontänen, nisteten die Alten. Es war deutlich der bevorzugte Raum des ganzen Harems. Es mochten die nun alt gewordenen Töchter der Stammesfürsten oder Scheichs sein, die Salomo in seiner Frühzeit in seinen Harem aufgenommen hatte, ungeachtet ihrer Wesensart und ihres Aussehens. Die Zeit der Eifersüchteleien und Intrigen war vorüber, die Thronfolge stand fest, geblieben war Langeweile, ein allgemeines Übelwollen und, obligat, Verachtung der jungen Insassinnen des Frauenhauses.

Die Gesichter waren vom Alter konturiert, geierartig oder aufgeschwemmt, die zahnlosen Münder von harten Borsten umstarrt, eingekniffen oder gedehnt wie abgenutzte Beutel, in beiden Fällen hochgeeignet zum Schleudern ätzender Bemerkungen. Sie trugen edle Stoffe, bunt, nach dem Geschmack der Wüstenstämme.

Die jungen waren durchwegs bemerkenswert hübsche Frauen, in den Zügen und Farben ihres verschiedenartigen Herkommens zwischen Mar-

144

morweiß und glänzendem Schwarz. Sie redeten, lachten, waren mit ihrer Kosmetik beschäftigt oder räkelten sich einfach in faulem Behagen. Manche gähnten mauloffen und ausgiebig.

»Wo habt Ihr diese her«, fragte die Königin, »soweit ich es beurteilen kann, stammen sie nicht aus Häuptlingszelten.«

»Sagt es nur frei heraus. Wie Ihr es meint, so ist es auch. Diese habe ich mir geholt von Märkten, Bordellen, von Gauklertruppen.«

»Ist das bei Frauen Euer wahrer Geschmack?« fragte die Königin unverblümt, »wenn ich genau hinschaue, dann fällt mir immer deutlicher ins Auge, daß, bei aller Verschiedenheit, diese Mädchen eines prägt...«

»Und das ist?«

»Seid mir nicht böse, wenn ich es rüde ausspreche: sie alle haben etwas Vulgäres, ja, einen ausgesprochen ordinären Zug, der manchmal sogar einen prallen Stich von Gemeinheit hat.«

Salomo lachte hell auf.

»Kennt Ihr so wenig uns alte Männer? Wir wollen nicht mehr angeben mit der Sittsamkeit und dem Witz unserer Frauen. Wir wollen uns auch vor ihnen nicht mehr blähen und den männlichen, feschen Potenten spielen... Was dann? Ich sage es Euch: Wir wollen es bequem haben, weder Muskeln noch Esprit bemühen. Bequem, behaglich, weich und warm und vor allem ohne die leiseste Gefahr einer Kritik. Diese meine Mädchen sind hübsch, ohne schön zu sein, denn Schönheit beunruhigt. Sie sollen womöglich nicht lesen können, rechnen nur, soweit es im Kleinhandel mit den Basarhändlern nötig ist, ein bißchen klimpern, tanzen und trällern vielleicht. Damit hat es sich schon. Ihr seid verblüfft?«

»Nicht so sehr, wie Ihr glaubt. Immerhin hatte ich meinen guten Ehemann, ein stattliches Mannsbild, er hielt sich auch seinen – allerdings weit bescheideneren – Harem, und wenn ich zurückdenke, kommt es mir vor, als hätte ich bei den Insassinnen auch diesen vulgären Zug bemerkt, was übrigens vor den Stacheln der Eifersucht bewahrte. Alles, was mehr verlangt als runde Befriedigung des Geschlechts, wird tunlichst vermieden. Es ist der bodenlose Hang zur Faulheit, zur Anspruchslosigkeit der älteren Männer.«

»Eure Stimme hat etwas Bitteres ...«

In diesem Augenblick sprang ein dunkelhäutiges Mädchen, fast ein Kind, aus der Schar der Sitzenden und faul Herumlungernden und schlängelte sich mit einem tierhaften Schrei in einem furiosen Tanz vor Salomos Füße. Das ganze schmale Figürchen wand sich vom Hals bis in die Finger hinein und rankte sich an seinem Körper empor mit den Bewegungen einer erregten Kobra. Salomo trat ein paar Schritte zurück und flüsterte der verblüfften Königin ins Ohr:

»Das wird die Kleine teuer zu stehen kommen. Armes Kind, sie kennt noch nicht die Gesetze des Frauenhauses ... sie muß erst vor kurzem hereingebracht worden sein. Wahrscheinlich das Gastgeschenk eines der Bittsteller ... ich erinnere mich nicht mehr so genau ...«

»Welche Gesetze gelten denn im Harem – außer das Hackbeil für Fremdgehen?« wollte die Königin wissen.

»Kein Mädchen darf sich unaufgefordert und im Alleingang vor mir produzieren, um sich dadurch womöglich Vorteile zu verschaffen, die sie aus der Masse herausheben. Da sind sie wie die Geier ... schaut nur!«

Nach einer ganz kurzen Pause gaffender Entrüstung erhob sich unisono ein schrilles Weibergekreisch, unterstützt von dem heiseren, krächzenden Gekeife aus der Nische der Alten. Zum Knäuel zusammengerottet, stürzte sich die Weiberschar auf die erschrockene Tänzerin, die nicht wußte, wie ihr geschah, sich aber, ohne sich erst zu besinnen, nicht minder rabiat, beißend, kratzend und in fremder Zunge fluchend, wacker in die rasende Meute verkrallte. Die Alten aus der Ehrennische hatten sich alle aufgerappelt und standen eng am Kampfgeschehen mit erhobenen Fäusten, gierigen Augen und hetzenden Schreien wie der Pöbel in einer Arena. Vom Lärm aufgerüttelt, kam schon mit langen, wuchtigen Schritten ein hochbeleibter Eunuch gewatschelt und begann mit seinem scharfen Lederpeitschchen auf das kreischende Gewühl einzuschlagen, gleich, wen es traf. Bald gab es blutige Striemen, teils von der Zuchtrute, teils von Kratz- und Bißwunden, die die Schönen selbst einander zugefügt hatten im Taumelrausch des Geschehens. Die wampigen und sehnigen Hälse vorgestreckt, hussten die Alten: »Hau schon, Verschnittener, hau zu, daß die Fetzen fliegen,

147

keine Scheu vor dem Weiberfleisch, laß sie schnalzen, die Rute.«

Gegen ihren Willen war die Königin gefesselt von diesem ekelhaften Schauspiel und konnte die Blicke nicht abwenden. Salomo nahm den Vorgang gelassen, er schien an dergleichen gewöhnt zu sein.

Da erblickte die Königin am äußersten Rand des Serails, unberührt von den allgemeinen Turbulenzen, auf langen, schmalen Füßen in goldenen Sandalen eine überschlanke Dame unbestimmbaren Alters schreiten. Sie trug einen reich mit Lapislazuli geschmückten Putz, der breit auf der Brust und den Schultern lag. Daraus erhob sich ein zartbrauner, überlanger Hals, der sich aber nicht schwanenartig bog, sondern kerzengerade den betont straffen Rücken fortsetzte und den schmalen Kopf trug. Unter einem weißen, fremdartig geformten steifen Tuch eine niedrige Stirn, weit auseinanderstehende Augen, die mit einer bläulichschwarzen Tusche bis fast zu den Schläfen hin verlängert waren. Der Mund war lang und schmallippig. Darunter ein fliehendes Kinn, weit überragt von einer spitzen Nase, die an den Schnabel eines Ibis denken ließ. Die ganze Erscheinung drückte Eleganz, Vornehmheit und Hochmut aus. An der langfingrigen Hand führte sie ein Tier, das seinen plumpen Gang dem gemessenen Schreiten der Herrin gekonnt anpaßte. Eine dunkel zottige Brustpartie auf stark gekrümmten Beinen, eine lange Schnauze mit gewölbten Nasenlöchern unter bebuschten, engstehenden Augen – ein Pavian,

148

welcher der Ägypterin bis knapp über die Hüften reichte. Das Tier trug den gleichen anspruchsvollen Halsschmuck wie seine Herrin.

Die Königin sah Salomo fragend an.

»Ach, meine erste Gattin, die Pharaonentochter. Es war damals eine große Ehre, daß der Pharao sie mir, dem politisch für Ägypten unwichtigen König von Juda gab ... nicht gerade die jüngste und schönste unter seinen zahlreichen Töchtern, auch unfruchtbar, wie sich bald erwies und reichlich geziert für meinen eher bescheidenen Hof, aber hochgebildet und von reserviertem, aber geschliffenen Mundwerk von fast männlicher Trockenheit. Ich habe anfangs, gebe ich zu, etwas darunter gelitten, aber als ich selbst sicherer wurde, habe ich mich daran gewöhnt.«

Die Königin schwieg und betrachtete eingehend die kluge Prinzessin vom Nil.

»Nun«, fragte Salomo, nicht ohne Stolz.

»Was ist mit dem herausgeputzten Affen?«

»Das ist kein gewöhnlicher Affe. Das ist für die Ägypter ein besonderer Gott, Thot, zuständig für Schreibkunst und Wissenschaft.«

»Ich kann mir trotzdem nicht versagen zu bemerken, daß dieser heilige Pavian besser beraten wäre, wenn er sich seinen kostbaren Halsschmuck unter den Schwanz hinge.«

Mürrisch fuhr Salomo auf: »Ihr versteht nicht, Ihr müßt Euch über alles lustig machen!«

»Verzeiht, das wollte ich nicht. Mein Spott war ausgesprochen unpassend.«

»Er ist in diesem Fall wirklich fehl am Platz«,

149

sagte Salomo mit deutlichem Ärger. »Da habe ich eine heikle Stelle berührt«, dachte die Königin.

Salomo fuhr fort: »Zu dieser Ägypterin habe ich ein besonderes Verhältnis. Sie ist klug, gebildet, diszipliniert und politisch versiert von Kindesbeinen an. Ich kann mich mit ihr über Regierungssorgen unterhalten.«

»Dann verstehe ich, daß Ihr sie mehr schätzt als die Hübschen, die Euch das Faulbett wärmen... obwohl das ja auch bedeutet, daß Ihr auf Euch achten müßt, Euch in keiner Weise gehen lassen dürft, etwa in der bequemen Nachlässigkeit der Körperbeherrschung wie Rülpsen, Aufstoßen und mauloffenes Gähnen, wie Männer es in jeder trauten Gewohnheitsbeziehung tun. Bei der Pharaonentochter wäre das ein unentschuldbarer Fauxpas. Da gilt es hell aufmerksam sein, klug antworten, Bildungslücken geschickt verwischen und auf die Wortwahl achten. Ist das nun ein Vorteil oder etwas anstrengend?«

»Ich wiederhole, daß ich diese vor allen Frauen des Harems schätze, ja, verehre und keinesfalls missen möchte ... abgesehen vielleicht von der herkunftsbedingten Trockenheit und harten Geradlinigkeit, die sich etwas verarmend auf den Humor auswirken mag. Ich brauche sie gegen die anderen.«

»Die Vulgären sind also amüsanter. Ich habe die gleiche Beobachtung auch bei meinem lieben Verstorbenen gemacht und habe ihn oft danach gefragt. Wir hatten keine Geheimnisse voreinander.«

»Und was hat er darauf gesagt?«

»Nichts. Er hat mit einem Ausdruck von Grimm und Verlegenheit geschwiegen.«

»Ich kann ihn verstehen.«

»Wenn ich Euch genau besehe, so habt Ihr jetzt einen sehr ähnlichen Ausdruck im Gesicht ... aber Ihr sollt nicht glauben, daß ich Euch nicht begreife. Ich bin eine alte, erfahrene Frau und bewundere Eure ägyptische Prinzessin. Es spricht auch für sie, daß sie von dem ganzen Tierrudel, das sie am Nil anbeten, gerade Thot gewählt hat, der für Barbaren wie mich nichts als ein Affe mit einem exklusiven Hintern ist ...«

»Schon wieder das Gespöttel!« fuhr Salomo auf. »Kaum glaube ich, daß Ihr es ernst nehmt, meldet sich der stichelnde Ton wieder!«

»Verzeihung, vergeßt nicht, daß ich nicht von der erlauchten Doppelkrone des Niltals komme, sondern von einem winzigen, sandigen Wüstennest Südarabiens.«

»Und ich? Mein Vater hütete die Ziegen und pfiff mit seiner Flöte Saul ins verdüsterte Gemüt, der auch ein Bauer war.«

»Da ist es nicht verwunderlich, daß die hocharistokratische Intimität Euch ein wenig zusetzt ... auch wenn sie, wie ich vermute, auf gedrechselte Rede in vornehmer Distanz beschränkt bleibt und auf verbale wie körperliche Beherrschtheit.«

»Ganz richtig!« sagte Salomo und sah die Königin eindringlich an, wobei ein kleines Lächeln auf seinen Lippen lag.

»Was bringt Euch jetzt zum Lachen?« fragte die Königin mißtrauisch.

»Es ist ein kleiner Einfall, mag sein eine Täuschung. Wenn ich euch so ansehe und anhöre ... es scheint mir, als verberge Eure wortgewandte Rede hinter ihrer herben und klarsichtigen Bitterkeit ein gewisses Gefühl ... aber ich kann mich natürlich täuschen!«

»Was für ein Gefühl? Heraus damit! Wir sind zu alt für kindische Geheimnistuerei!«

»Auf was muß ich jetzt gefaßt sein, wenn ich sage ... ein bißchen Eifersucht?«

Die Königin schwieg und sah auf ihre Füße, während eine leichte Röte in ihre Wangen stieg. Dann schlug sie die Augen auf und sah Salomo fest ins Gesicht.

»Eigentlich wollte ich jetzt sagen: Seid Ihr von Sinnen, was bildet Ihr Euch ein in Eurer männlichen Eitelkeit. Ich eifersüchtig auf Euch wegen der ägyptischen Schilfstange oder wegen der klatschenden, fressenden, keifenden Schlampen mit den seidigen Hintern? Ja, das wollte ich sagen, als Ihr mir Eifersucht unterstelltet. Aber ich sage es nicht ... vielmehr gebe ich es zu, wenn es sich auch ganz und gar nicht schickt: ich bin eifersüchtig. Und jetzt denkt von mir, was Ihr wollt. Spottet über mich, verachtet mich.«

Als Salomo antwortete, war kein Lächeln in seinem Gesicht. Er war sehr ernst und ein wenig blaß.

»Was sollte sich an Eurer Antwort nicht schikken? Sie ist hinaus über den Unsinn, den man Schicklichkeit nennt. Daß Ihr Eifersucht empfindet, freut und ehrt mich und zeigt mir, wie jung und lebendig wir noch sind.«

»Wieso das?«

»Weil Eifersucht nicht auf dürrem, erschöpftem Boden gedeiht.«

XII

Todesengel

Die enge Gasse, die zwischen tür- und fensterlosen Mauern, zwischen wie mit Räude befallenen Wänden zu einer kleinen Seitentür des Palastes führte, war stockfinster und roch nach Unrat und modriger Feuchtigkeit. Salomo und die Königin wählten immer diesen Weg, wenn sie von ihren Spürgängen heimkamen, um jedes Aufsehen zu vermeiden.

In der gestockten Luft kam eine leise Brise auf und trug ein klapperndes Geräusch, wie das einer hölzernen Rassel, heran. In etwa Kniehöhe näherte sich schleppend ein weißes Gebilde. Ein Wesen in fetzigen Tüchern und Binden schob sich auf umwickelten Beinstümpfen heran. Der obere Teil des Gesichtes war unentstellt. Es schien das Gesicht eines jungen Mannes. Unwillkürlich ergriff die Königin Salomos Arm.

»Erschreckt nicht«, sagte er, »es ist nur Melech Mawed, der Todesengel, wie die Leute ihn nennen. Ein Lepröser, dessen Gesicht fast rein geblieben ist vom Aussatz. Den Ärzten ein Rätsel. Das Volk schreibt ihm mysteriöse Kräfte zu und behandelt ihn mit scheuer Ehrfurcht. Nachts, wenn die Gassen menschenleer sind, kommt er aus den Höhlen vor der Stadt, wo die Befallenen hausen, und krüppelt sich durch Jerusalem. Ich spreche gern mit ihm. Er ist klug, fast ein Philosoph.«

Der Kranke hielt die vorgeschriebenen Schritte ein vor dem Paar:

»Seid gegrüßt, Salomo, und auch Ihr, königlicher Gast aus Arabien. Ihr erschreckt, Königin? Seid ganz ruhig. Wir Leprösen wissen, wie wir uns zu verhalten haben, und einer, der dagegen verstößt, wird von uns weit strenger bestraft als vom Gericht. Trotzdem schrecken die Leute zurück. Weniger aus Furcht vor der Ansteckung als vor dem Anblick der fressenden Male unseres Körpers, den wir Halb- und Untoten durch das Leben schleifen, ein Stück lebendiger Verwesung. Grausiger als ein richtiger Leichnam.«

»Sprecht nicht so bitter«, sagte die Königin, »dort, wo ich zu Hause bin, gibt es diese Krankheit auch, und ich bin an den Anblick gewöhnt.«

»Ihr seid freundlich, Königin von Saba. Ihr könnt gar nicht wissen, was Freundlichkeit uns bedeutet, die wir auf Steinwürfe gefaßt sind. Wenn jemand mit uns spricht, wie es der König oftmals tut, dann fühlen wir uns noch als Mensch. Wir hängen nämlich am Leben. Ja, wir krallen uns an diesen langsam verrottenden Kadaver, genau so wie ein Gesunder, und auch uns ergreift das nämliche Entsetzen vor dem Unvorstellbaren, wenn der Tod uns in die Augen sieht.«

»Sagt mir, Ihr, der Ihr außerhalb der Stadt lebt und Euch nur nachts in den Gassen herumtreibt, wie kommt es, daß Ihr mich kennt, daß Ihr wißt, daß ich die Königin von Saba bin?«

»Es spricht sich herum, der Klatsch des Basars und der Gassen dringt auch in die Höhlen der Aussätzigen und wird dort breitgetreten und aufgelesen wie beim gewöhnlichen Volk. Vielleicht sogar noch mehr. Wir, die wir die ›Unreinen‹ genannt werden und täglich, stündlich den Tod in unserer Nähe sehen, wir sind gierig nach dem Leben. Wir klammern uns an alles Lebendige, so grausig Euch das erscheinen mag. Und da uns die Berührung verboten ist, nehmen wir wenigstens mit den Ohren daran teil, durch das Gerücht, das unsere lebenssüchtigen Sinne aufnehmen, wenn wir mit unseren Bettlerschalen, immer im gehörigen Abstand, bei den Toren und vor dem Tempel kauern. So ist es auch in unsere Höhlen gekrochen, das Gerede vom Besuch der Königin von Saba beim König Salomo.«

»Ich weiß«, sagte Salomo, »wie lüstern deine Leute nach Neuigkeiten sind, ich verstehe eure Begierde nach allem, was mit dem gewöhnlichen Leben zu tun hat und kann mir vorstellen, daß Nachrichten von draußen in eurem Abseits ein größeres Gewicht haben als für die Gesunden.«

»Ja, der kleinste Hinweis wird bei uns gefressen und aufgebauscht und ausgewalzt und aufgeschleckt geradezu, daß es selbst einen wie mich, der ich daran gewöhnt sein sollte, graust. Aber es ist ja alles, was sie haben, vom Leben draußen. Auch wenn sie halbe Kadaver sind, ihre Sinne und Gelüste und Nerven, ihre Begierden sind lebendig und fordern Nahrung, und wenn diese dem Fleisch verwehrt ist, dann weicht sie auf die Vorstellung aus, und die Vorstellungen der Leprösen sind kraß und geil, wüst und lasterhaft. Dagegen ist der Klatsch der Gossen kindlich.«

»Das habe ich nicht gewußt«, sagte die Königin nachdenklich; »ich glaubte vielmehr, die Siechen sprächen viel vom Tod und vom Sterben und rätselten um das Geheimnis des Danach, was mit ihren Seelen geschieht, wenn sie ihrer zerfressenen Körper ledig sind.«

»Oh ja, auch von dem, was nachher ist, wird geredet, und wenn ihr Umgang mit dem Leben anstößig und lasziv ist wie unsere faulenden Glieder, so sind ihre Gedanken vom Tod oft würdig eines Weisen und Philosophen. Auf ihre Seele, diese Einblasung Gottes, ihre Menschenwürde und Einzigkeit als ›ich bin‹, darauf halten sie. Der elende Kadaver mag verfaulen zu Asche und Kot, aber tief sitzt die Furcht, daß auch dieses Ich verlischt, wenn wir sterben, das einzige, was nicht der Räude verfallen ist.«

»Diese Ängste suchen auch uns, die Gesunden, heim, Melech Mawed. Und umso stärker, wenn wir alt werden und die Betriebsamkeit des tätigen Lebens leiser wird und der Trubel der Ruhe weicht. Dann grübeln auch wir darüber, was aus diesem Ich werden mag, diesem Hauch aus dem Atem Gottes. Und ob dieser Gott, der ihn uns gegeben hat, auch ihn dem Tod überläßt wie das mürbe gewordene Fleisch. Der große Tod, der herumstreicht auf dem Schindanger des Alters und der Krankheit, der uns über die Schulter seine geilen Verlockungen vom Sich Aufgeben ins Ohr flüstert … du rennst, doch er holt dich ein und packt dich mit krallenden Fingern, übermannt dich, ist über dir und vollendet sein brutales Geschäft, es ist ein Mord, eine Vergewaltigung, kein ehrenhafter Sieg. Wir wissen es alle, und wir sind darauf gefaßt. Aber wir wissen nicht, ob er es bei der Unterwerfung des Leiblichen bewenden läßt oder ob er uns auch die Seele, den Gottesatem aus der Brust preßt, unser gehätscheltes Ich. Ja, das ist die große Frage, die einzig entscheidende. Daß uns der Leib genommen wird im Alter oder in der Krankheit, das nehmen wir gelassen hin, wir sehnen uns sogar danach, weil dann die Leiden, die das Leben uns nicht erspart, zu Ende sind und wir endlich Ruhe haben. Aber vor dem Nicht-mehr-Sein graut uns. Vor dem Verlust des Gefühls ›ich bin‹ tritt uns der kalte Schweiß auf die Stirn.«

»Tröstlich sprecht Ihr, Königin, vom Ausruhen und Vergessen. Von den Schrecken des Todes, aber auch davon, daß er oft eine Barmherzigkeit sein kann. Aber ich sage Euch, all die Schrecken und all die Hoffnungen, die wir angesichts des eigenen Todes empfinden, sind nichts gegen das, was der Tod eines Menschen bedeutet, den man geliebt hat!«

»Ihr habt es erlebt?« sagte die Königin mit rauher Stimme.

»Ja, ich habe es erlebt.«

Melech Mawed schwieg eine Weile, dann fing er leise zu erzählen an:

»Wir waren ein glückliches, junges Paar. Unsere Eltern richteten die Hochzeit. Da zeigten sich bei meiner Braut die ersten Anzeichen der Krankheit, und sie mußte in die Höhlen der Stille vor der Stadt. Ich war zerstört vor Kummer. Da empfand ich es fast als Erleichterung, als auch ich die Male der Krankheit an mir entdeckte. Statt der geplanten Hochzeit hielten wir unser Beilager in der Höhle der Aussätzigen. Noch waren unsere Körper fast unversehrt. Wir liebten uns. Erst allmählich nahm der Verfall seinen Lauf. Bei ihr schritt die Krankheit verheerend fort, vor allem im Gesicht, das bei mir wie zum Hohn bis heute nahezu verschont blieb. Ich gewöhnte mich aber an ihren Anblick, und wir liebten uns wie zuvor. Zwischen uns gab es nur den Wettstreit, wem die Gnade des früheren Todes zuteil und wem die Wüste des Alleinseins auferlegt sein würde. Sie starb. Erst als wir sie begraben hatten, ging mir mein Elend wirklich auf und stürzte sich auf mich wie eine Steinlawine.

Ich betete, schrie zu Gott, ich fluchte und lästerte, aber Worte nützen sich so bald ab. Man wird in den Strudel der Pein gesogen, und die vom Salz der Tränen brennenden Augen starren auf das lapidare Wort ›niemals mehr‹, das dir das Blut gefrieren, den Pulsschlag stocken läßt ... aber verzeiht, ich rede zuviel und kann mich doch nicht verständlich machen, man muß es erlebt haben!«

»Ich verstehe es«, sagte die Königin leise, »ich habe es erlebt. Vor vielen Jahren ist mir ein Sohn gestorben. Ich habe noch andere Kinder, und ich habe nach dem Tod des einen noch viel Arbeit gehabt und getan, aber dieser Tod dieses einen Kindes und die Erfahrung des ›Niemals mehr‹ hat

mich selbst fast das Leben gekostet. In meiner
namenlosen Verzweiflung, im Irrsinn des Schmer-
zes wollte ich nichts als ihm nach. In den Religionen aller Völker gibt es doch den Hinweis auf
die Unterwelt, wo die Toten wohnen, manchmal
sogar eine genaue Schilderung. Es gibt Geschichten
von Lebenden, die Eingang finden und dort ihre
Toten treffen, und wenn sie sie auch nie zurück-
holen können, so sehen sie sie doch noch einmal.
Ich ging in die Wüste hinaus ohne Ziel. Ich dachte
nichts, ich hoffte nichts, ich glaubte nichts. Ich
wollte nur allein sein im Niemandsland, mich ausliefern der raffenden, menschenfressenden Einöde
und damit dem toten Sohn nahekommen, auch
sterben ... Tagelang und nächtelang irrte ich fern
von den spärlichen Straßen der Menschen in der
sengenden Sonne und in der eisigen Kälte der
Nächte. Ich spürte weder Hunger noch Durst. Ein
hitziges Fieber hielt mich aufrecht, bis ich in die
Knie brach und in den Staub fiel. Meine trocken-
geweinten Augen brannten, ich sah glutrote Kreise
flammen und wirbeln über dem Wüstensand – und
dann sah ich es: Es war dicht vor meinen verstörten
Sinnen, das Sinnbild der Vergeblichkeit – eine Tür
war es. Aber sie hatte weder einen Riegel noch
Angeln noch verschloß sie eine Mauer. Eine Tür an
sich, ohne Sinn. Sie hatte keinen Raum zu öffnen
oder zu verschließen. Sie sprach, wie Träume sprechen, durch das Bild. Und das Bild ätzte sich in den
Hintergrund meiner Augen und sagte eindring-
licher, als Worte es vermögen: ›niemals mehr‹!
Dieses Bild drang mir ins Blut, ins Fleisch, in die

Knochen, und in meinem Gehör rollte der stille Donner der Ewigkeit.«

Die Königin schwieg und blickte ins Leere. Dann sagte sie zu Melech Mawed:

»Es hat gut getan, einem zu begegnen, der diese Seite des Todes kennt. Lebt wohl, Melech Mawed, und das Sterben werde Euch leicht.«

»Nehmt den Dank und den Segen eines Gezeichneten, Königin von Saba.«

Der Lepröse verschwand im Dunkel, und eine Weile hörte man noch seine Rassel klappern. Salomo hatte schweigend zugehört, und schweigend legten sie den kurzen Weg in den Palast zurück. Salomo hatte mit seiner warmen, trockenen Hand die eiskalten Finger der Königin ergriffen und hielt sie fest.

XIII

Dummheit stört den Frieden der Weisen

Das Stehpult, hochbeinige Truhen, in denen Schriftrollen aufbewahrt wurden, Wandregale. Vor dem Fenster das dunkle Grün einer hohen Zypresse, die das grelle Sonnenlicht und seine Hitze wohltuend abfing. Salomo und die Königin saßen vor einem Taburett und erfrischten sich mit Minzesud.

»Immer muß ich darüber nachdenken«, sagte Salomo, »warum es um soviel anregender und belebender für mich ist, mit einer Frau über die wichtigen Fragen des Lebens zu reden als mit einem meines eigenen Geschlechts, übrigens ganz unabhängig davon, ob man gleicher oder verschiedener Meinung ist. Eloquente und diskussionsfreudige Männer gäbe es ja genug unter meinen Hebräern. Aber mit ihnen hat das Gespräch die Trockenheit eines Brettspiels. Mit Euch dagegen, Königin, ist es ein Wandelgang durch einen wuchernden Garten.«

»Ihr drückt es bilderstark aus, nach Art der Poeten. Aber ich selbst empfinde es genauso. Für mich hat die spezifische Art des männlichen Denkens, das so anders ist als das weibliche, einen erfrischenden, fast möchte ich sagen ideenerzeugenden Reiz. Wegen einer gescheiten Frau hätte ich mich jedenfalls nicht über die Weihrauchstraße geschleppt. Es wäre allenfalls beim Briefwechsel geblieben.«

Salomo dachte nach, dann sagte er: »Was mich wundert, ist nur, daß in unseren Gesprächen, in denen die Andersartigkeit des Geschlechts so sehr zur Ermunterung beiträgt, vom Geschlecht selbst und seinem pikanten Reiz nur wenig die Rede ist. Und wenn, dann auf eine ferne Vergangenheit bezogen, ich denke an Euren hübschen Wüstenbock und meinen anstößig belebten Olivenhain.«

»Nun ja, das mag an der fortgeschrittenen Stattlichkeit unseres Alters liegen. Meint Ihr nicht?«

»Ihr seid der Ansicht, daß in unserem Alter, das Ihr schonenderweise stattlich nennt, diese heiklen Reize schweigen?«

»Schweigen ist vielleicht ein zu apodiktisches Wort, sagen wir besser: ihr Brennen mäßigt sich zu einer fügsamen Glut. Eine braune, gemeißelte Schulter beispielsweise, mit Muskelspiel unter der Haut, läßt in meinen Jahren nicht mehr das Bedürfnis auflodern, mich von der sanften Stärke dieses Bildwerks tastend zu überzeugen, es ficht mich nicht mehr unbezähmbar an. Dabei ist es weder Trockenheit noch schnippische Kälte, welches die Berührung meidet, sondern, nüchtern gesagt, der gute Geschmack, ein Gefühl für das Angemessene. Kurz, in diesem Fall ersetzt die Andersartigkeit des Denkens und Vorstellens das reizende Haut- und Muskelspiel.«

»Meint Ihr, daß unsere Sinne nun nicht mehr vom Geschlecht im körperlichen Sinn angerührt werden, sondern nur noch vom andersgearteten Denken?«

»Der Belebung gewisser Körperzonen kann neben der besonderen Süße der Empfindung auch eine gewisse Ordinärheit nicht abgesprochen werden, welche man der rüden Unempfindlichkeit der Jugend in Dingen des Geschmacks zugute halten kann, nicht dem klarsichtigen Alter.«

»Es ist ein interessanter Gedanke, diese Umleitung eines gewöhnlichen Reizes in edlere Zonen. Dann wäre die würzige Lust am vertrauten Reden mit einem Menschen des anderen Geschlechts eine Art geistiger Umarmung, auch ohne die gewisse Schulter eine Machenschaft der Sinne, eben mit Worten und Gedanken. Das hat viel für sich, Königin. Aber unabhängig von unserer bemühten Erörterung ficht mich – ich gestehe es nicht gerne, ein kleines Gelächter an. Ist Euch nicht auch aufgefallen, daß der Redestil, dessen wir uns bei diesem Thema bedienen, etwas Künstliches, ja, Gespreiztes hat, was darauf schließen läßt, daß wir dabei ein wenig geniert sind? Warum wohl?«

Die beiden sahen sich in die Augen und lächelten.

In der Eindringlichkeit dieses pikanten Gesprächs hatte die Königin den linken Unterarm auf der Tischplatte ausgestreckt, die Adern zeichneten sich dunkel auf dem Handrücken ab, die langen Finger waren nervös bewegt. Die strenge Stirnfalte über dem schwarzen Balken der Brauen kreuzte dieses Gesicht, das ganz dem Geschäft des genauen Formulierens hingegeben war. Salomo sah, wie die feucht schimmernden Gazellenaugen sich um kühle Sachlichkeit mühten. Das zerriß ihm den eigenen Denkfaden, seine klaren, weltoffenen Augen verschatteten sich jäh. Er legte seinen Arm auf den Arm der Königin, und sie verstummten und sahen einander an. Über das Brusttuch der Königin lief ein leiser, bebender Schauer, als hätte sie ein plötzliches Schluchzen befallen, das aber nur innen war. Salomo sah es. Er zog den Arm zurück und schlug die Augen nieder, um sich und die Königin zu schonen.

Einem stummen Zuschauer hätte es ans Herz gegriffen, wie die beiden sich redlich mühten.

Nach einem langgen Schweigen seufzte Salomo: »Ich hab mich so an dich gewöhnt. Allein der Gedanke an Trennung schnürt mir das Herz ab.«

Die Königin raffte sich zusammen und sagte leise:

»Wir kommen ja nicht herum um diese Trennung, die wie ein kleiner Tod sein wird.«

»Ja. Aber könntest du nicht noch bleiben? Du sehnst dich ja nicht nach den Regierungsgeschäften. Sie sind in verläßlichen Händen, und Saba hat weder Mangel noch Krieg zu fürchten.«

»Ich weiß, Salomo, wir haben bald Gefallen aneinander gefunden und an unseren Gesprächen, das ist, wenn es einem in unserem Alter widerfährt, ein wahrhaftiges Glück. Aber das habe ich gelernt mit den Jahren: Wenn man Glück fühlt, dann sind der Kummer nah und die Angst. Wir haben zusammen eine gute Zeit verbracht. Man möchte sich darin einnisten, möchte diesen Zustand besiegeln und dauerhaft werden lassen. Aber, du weißt es so wie ich, so geht es im Leben nicht. In aller Stille, hinter unserem Rücken gleichsam, wird Glück zur Gewohnheit. Man hat einander nichts Neues zu sagen, und das Alte wird schal bis zur Gleichgültigkeit. Wenn man dann aneinander gebunden ist, beginnt das Wasser, das erst Erfrischung war, zu gären und die Neige des Kruges wird giftig und verätzt die Nerven. So ist es, keiner kann etwas dagegen tun. Das ist die hartkantige Wirklichkeit, die am Rande jeglicher Menschenträume steht.«

»Ich weiß es, du hast tausendmal recht. Ich weiß es, und trotzdem schreien alle meine Adern und Nerven und Sinne: Bleib da, bleib bei mir! Wir sind noch nicht so weit, daß uns die Gewohnheit eingeholt hat!«

»Merkst du, Salomo, daß wir unversehens ins Du geraten sind. Ich sage zu wenigen Leuten du, nur zu meinen Kindern und zu Leuten, die mich als Kind gekannt haben. Mir ist die Distanz wichtig. Zwischen dir und mir aber hat sich ohne bewußtes Zutun diese Distanz aufgelöst. Es ist wie in deinem ›Hohen Lied‹: ›Tu mich wie ein Siegel auf dein Herz, wie ein Siegel an deinen Arm.‹« Sie schwiegen und sahen einander an.

In diesem Augenblick wurde draußen auf dem Korridor ein Rumor hörbar, der sich rasch näherte. Die Tür wurde aufgerissen, und herein stürzte, atemlos keuchend, ein von oben bis unten verstaubter Mann, sank vor der Königin auf die Knie und reichte ihr mit behender Hand zwei Schriftrollen. Hinter ihm Salomos Diener.

Es war ein Eilbote aus Saba. Natürlich hatte er erst kurz vor Jerusalem die Zeichen seines Gewerbes angelegt: die Atemlosigkeit, die Erschöpfung und die Bestäubtheit. So verlangte es die Sitte, und so war er es seiner Zunft und seiner Achtung vor der Königin schuldig. Die Reise hatte er freilich auf einem Rennkamel zurückgelegt, das regelmäßig gegen ein ausgeruhtes Tier ausgewechselt wurde an den Raststätten der Weihrauchstraße. Er war, wie jeder wußte, ruhigen Atems und mit abgebürsteten Kleidern in einer Karawanserei vor der Stadt angekommen und hatte sich erst dort die übliche Maske des königlichen Eilkuriers zugelegt, einen Zustand extremer Abgehetztheit.

Obwohl der Königin all dies bewußt war, gab es ihr einen Riß vom Scheitel bis zu den Füßen.

»Ist etwas mit den Kindern«, war ihre erste bange Frage.

Der Bote schüttelte beschwichtigend den Kopf und reichte ihr zwei Briefrollen. Eine war von ihrem Sohn, der sie vertrat, die andere von Gamal, dem Kaufherrn, der sie immer mit der neuesten Literatur versorgte.

Der Sohn schrieb: ›In der letzten Zeit haben sich einige Beduinenstämme – genauer gesagt: die jungen Männer – unter Abdul Osmin in Abdul Abbas zusammengerudelt und mehrere schwere Raubzüge in unserem Gebiet gemacht. Es gab Tote, Vergewaltigung und Brandschatzung. Soviel unsere von mir sofort ausgeschickten Späher berichten, sammeln sich immer mehr Streitlustige unter Osmins Schwert und planen weitere Grenzverletzun-

168

gen. Junge Männer, erstmals aus verschiedenen Sippen. Deine Einwilligung voraussetzend, habe ich die ganze Streitmacht unseres Landes im Grenzgebiet versammelt. Viele haben sich freiwillig zum Dienst gemeldet. Ich möchte betonen, daß die meisten es ohne Erlaubnis oder gegen den Willen ihrer Väter getan haben, die uns allzu zögerlich scheinen. Unerhört finden wir, daß einige der Alten insgeheim über Bestechung tuscheln und mit hohen Beträgen die Sippenhäupter zu überzeugen suchen, ihren Söhnen die Flausen auszutreiben. Osmins Bande rebelliert aber gegen die Väter, und auch wir, der junge Adel Sabas, sind einhellig entschlossen, endlich einmal dem Wüstengesindel und ihrer steigenden Frechheit mit Blut und nicht mit schmählichen Geschenken die Stirn zu bieten und energisch durchzugreifen. Du solltest deinen Besuch in Jerusalem nicht abbrechen. Ich habe die Zügel fest in der Hand und bedarf deiner Hilfe keinesfalls.‹

Die Königin hatte die Stirn gerunzelt und öffnete das Schreiben Gamals:

›Ich berichte Eurer Durchlaucht ohne Wissen des jungen Prinzen. Von den Einfällen einiger hitzköpfiger Beduinen hat Euch sicher der Sohn unterrichtet. Auch, daß der Verdacht besteht, daß sich diese zügellosen Raufbolde bündeln und blindwütig ihrem Anführer Osmin folgen, der ein berüchtigter Wüstenschreck mit gewissen Führungsqualitäten ist. Sicher ist, daß die alten Sippenväter das Geschehen nicht billigen, aber den Jungen, die immerhin Beute ins Zelt bringen, nicht Einhalt gebieten können.

Trotz allem halte ich einen Feldzug – wie man es heute hier nennt – in der Wüste nicht nur für unsinnig, sondern auch für gefährlich. Unsere Berufssoldaten, friedensgewohnt und gut genährt, sind weder kampflustig, schlagkräftig, noch verfügen sie über jenes Maß an Haß, das Menschen brauchen, um andere Menschen zu töten. Das mag bei ein paar Grenzbauern der Fall sein, aber unsere Truppe käme ja aus der Stadt. Dagegen sind die Beduinen sehnig, ausgedörrt, gierig, sie haben nichts zu verlieren, bei einer Niederlage gibt es zwar keine Beute, aber auch kaum Verluste. Sie stellen sich keinem Kampf, sondern verschwinden einfach in der Wüste, während die unseren mit heraushängender Zunge und schleppenden Füßen trotz ihrer besseren Waffen von der Wüste eingesogen werden. Selbst ein Sieg brächte nur einen kläglichen Ruhm. Hier allerdings, im sicheren und bequemen Marib, stolzieren sie herum mit aufgerissenen Mäulern und blutunterlaufenen Stieraugen, während ihre Väter die Hände ringen.

Ich bitte Euch, Königin, kommt so schnell als möglich zurück, ehe es zu spät ist.

Euer wie immer ergebener, in Sorgenschweiß gebadeter Gamal.‹

Die Königin reichte Salomo beide Rollen. Er las sie aufmerksam durch.

»Der Brief deines Sohnes könnte von Rehabeam sein. Der wäre auch für das ›Durchgreifen‹. Aber dieser Gamal ist ein interessanter Mann. Kaufherr, sagst du? Nun, die wissen von der Welt außerhalb der eigenen Grenzen oft besser Bescheid als unsere Herren Ratgeber.«

»Ja, auch mein Vater hat dies gewußt und beherzigt. Unter seiner Regierung war Gamal noch ein junger Mann, aber der Vater ließ ihn aus dem Basar an den Hof berufen, weil er ihm durch seine Intelligenz, Neugier und Umtriebigkeit auffiel, er war der Sohn eines unserer Händler. Für mich ist er mit seinem im Ausland auf den Basaren und auf den Reisestraßen in den Karawansereien gewonnenen Wissen der verläßlichste Berater.«

»Auch seine Weltsicht besticht. Der Krieg oder auch nur ein Feldzug bringt über alle Unheil, über die Sieger wie die Besiegten, und selbst wenn es nur zu Scharmützeln kommt, sind die Menschen, die in diesem Bereich leben, hilflose Opfer. Aber wie schwer ist diese Meinung durchzusetzen bei den Leuten. Was mußte ich mir anhören, als ich dem König von Tyrus zwei völlig unbedeutende Siedlungen im äußersten Galiläa abtrat und dafür die phönizischen Schiffe benutzen und meinen Hafen ausbauen konnte. Und das ohne eine größere Gegengabe als die beiden Kaffs, die für uns ohne jeden Nutzen waren und für ihn einen schmalen Prestigegewinn bedeuteten, nämlich mit einem Fuß in Israel zu stehen.«

»Auch meine Sabäer zerreißen sich die Mäuler, weil es bei uns seit Jahrzehnten keinen Waffengang mehr gab, statt daß sie froh wären. Saba ist ein kleines und durch den Weihrauch reiches Land. Aber nachdem er nur in unserem Klima gedeiht, müßte einer, der dieses Gebiet sich ernstlich aneignen wollte, mit einer Kriegsmacht erst einmal die Wüste durchziehen, und das ist wegen der Nachschubschwierigkeiten ohne große Kosten und Verluste nicht möglich. Unser einziger ›Feind‹ sind Nomadenhorden, und da habe ich mit jedem größeren Stammesscheich meine persönlichen Abmachungen. Sie bekommen einen kleinen Tribut, wenn sie sich ruhig halten, und so kommt keiner zu Schaden, deren Leute nicht und meine nicht. Mag sich ruhig einer schämen und gedemütigt fühlen, daß ich zahle, statt die Kriegshörner schallen zu lassen, ich schäme mich nicht. Und daß meinen jungen Männern durch diese Politik kein Heldentum und dergleichen Popanz geboten wird, ist auch kein Unglück. Sie sollen lesen und schreiben und rechnen lernen und nicht schlagen und metzeln.

Ich habe meinen Sohn, der mich jetzt vertritt, nach Ägypten geschickt, damit er lernt, wie man in einem Land Ordnung hält und es verwaltet. Aber er hat sich stattdessen mit einer Gruppe anderer adeliger Schnösel eingelassen und die Zeit mit Nilpferdjagden und dergleichen verplempert. Als ich die Reise plante, habe ich ihn zurückkommen lassen, damit er endlich lernt, was Regieren heißt. Allerdings hatte ich nicht mit Unruhen an der Grenze gerechnet. Und jetzt hat er sich, anstatt auf erfahrene Männer zu hören, mit gleichrangigen Rotzlöffeln eingelassen und zertrampelt meine ganze jahrzehntelange Friedenspolitik. Diese blinde und taube verhätschelte Brut meint, es wäre die Stunde gekommen, sich von den Alten abzunabeln,

172

zettelt einen völlig unnötigen Krieg an, will metzeln, Schädel einschlagen, verwüsten und jede Ordnung zerstören und stelzt jetzt schon herum, aufgeputscht und prahlend mit etwas, das sie Ehre nennen, eine Parole, die mir zuwider ist bis zum Erbrechen. Sie nützen die Gelegenheit meiner Abwesenheit ganz bewußt, weil sie wissen, solange ich auf dem Thron sitze und zu bestimmen habe, wird nichts mit ihrem Ehrenprotz. Und die Alten, Verständigen haben kein Rückgrat ihrer Brut gegenüber, denn immerhin führt der Prinz und Thronfolger sie in den Kampf um Sabas ›Ehre‹.« Die Königin rang die Hände mit schmerzlichem Gesicht. »Dummheit ist es, Salomo, Dummheit. Und aus dieser Dummheit kommt die Schlechtigkeit und alles Verderben!«

»Ich verstehe gut, wie dir zumute ist. Es scheint mir, da unten in Saba, in der Stadt und in der Wüste ist es gleichzeitig zu einer umfassenden Abnabelung der Jungen von den Alten gekommen. Ein Vorgang, der, wenn er einzeln geschieht, für beide Teile eine widrige Situation bedeutet, in Massen aber wirken muß wie ein verhängnisvolles Naturereignis. Ich möchte jetzt nicht in deiner Haut stecken.«

»Ich muß zurück, Salomo, du verstehst das. So schnell wie möglich zurück und retten und glätten, was noch zu retten und zu glätten ist. Denn rasch wächst sich die Torheit zur Tat aus, und nicht weit ist die Strecke zwischen Vernunft und Dummheit, die Strecke zwischen der Ehrenblähung und dem kleinen Nadelstich, der sie zum Eingehen bringt.«

»So sind wir also der Entscheidung über dein Bleiben enthoben«, sagte Salomo gepreßt. »Das starre Gebot der Pflicht hat sie uns abgenommen, immerhin ein ehrenhaftes Gebot.«

»Ehrenhaft, Salomo, was ist ehrenhaft an einem Wüstenschreck, den der Hafer sticht?«

»Vielleicht sehen wir Alten das zu klein, weil wir jedes Pathos verabscheuen. Aber diese starre Schranke, die Gott unserem Behagen zu zweit gesetzt hat, ist immerhin noch weniger erniedrigend als das ohnmächtige Hin und Her zwischen Bleiben und Gehen. So hat Gott entschieden, und es hat etwas Erhebendes, daß unser Zusammensein unter Gottes Hand steht, unter der Fuchtel des Allvaters, meinst du nicht?«

»Du hast ein ungewöhnlich persönliches Verhältnis zu Gott. Ich glaube nicht, daß Gott so beschaffen ist, daß er sich um die kleineren Querelen persönlich kümmert. In meiner Vorstellung ist Gott zu groß, um Vater jedes einzelnen zu sein. Mir ist die väterliche Rolle zu heimelig. Ich stelle mir Gott eher als Schöpfer vor.«

»Nun, der Schöpfer, der Erzeuger ist ja auch ein Vater, und ein strenger dazu.«

»Weißt du, Salomo, ich sehe da ein Bild. Ich weiß, in eurer Religion ist es streng verboten, sich Bilder zu machen, aber bei uns in Saba denkt man nicht so minder vom Bildhaften. Und so sehe ich Gott auf einem Schemel sitzen und aus dem wilden Gebausche des Chaos Fäden ziehen und zwirbeln, aus denen er dann das Tuch des Lebendigen webt, in bunten Bildern, wo jeder Faden sich mit allen anderen kreuzt und verbindet. Das Leben des einzelnen ist da nur ein winziges Gespinst, und wenn etwas geschieht, dann liegt das, was darauf folgt, oft weit weg vom Geschehen, und der Mensch fühlt und leidet, ohne zu wissen warum, und nennt Gott gleichgültig oder ungerecht. Da kann sich der eine plagen, und der Gewinn fällt einem ganz anderen in den Schoß, der keinen Finger gerührt hat. Sind diese Dinge nicht die, über welche der Mensch am meisten nörgelt und klagt? Gott tut ihm persönlich nichts an. Gott hat das Ganze im Auge, er läßt die Sterne kreisen, die Pflanzen und Tiere und das ganze Menschengetrubel, und alles zusammen erzählt die Geschichte der Welt. Und wir bilden uns ein, daß unser beschränktes Dasein eine Gottesgeschichte ist, in der – wie es sich bei einer Geschichte gehört – alles seinen Sinn und Namen hat!«

»Das Bilderbuch Gottes, Königin, ist groß, die Vorstellung hat viel für sich; auch die, daß Gott kein Vater nach menschlichen Maßen ist, aber ich glaube, mir ist zu kalt in dieser auf Größe hin geschaffenen Welt, mich fröstelt. Ich möchte nicht ganz den Vater missen, auch wenn er sehr weit entfernt ist vom Gewimmel seiner Kinder und sie nicht schont.«

»Behalte nur deinen Vater! Geborgenheit im Sinne eines Zuhause ist etwas sehr Tröstliches. Mein Gott am Schöpferschemel vor dem himmlischen Webstuhl bietet das nicht. Allenfalls ist man eine winzige Fadenkreuzung im unendlichen Schleier des Alls. Aber was sagt das schon. Weder du noch ich kennen die Wahrheit, werden sie vermutlich niemals kennenlernen, denn Gott kann man nicht schauen. Uns ist im höchsten Fall eine Annäherung möglich, eine Annäherung von sehr ferne, außerhalb der Blickschärfe, und da ist es verständlich, daß unsere Traumbilder von Gott sehr verschieden voneinander sind, ohne daß sie deshalb falsch sein müssen. So viele Religionen spiegeln die menschliche Suche nach Gott.«

Die Königin schickte sich an zu gehen, sie mußte sich um die Vorbereitungen zur Abreise kümmern, die frühestens erfolgen sollte. Sie besprachen, daß die Königin selbst mit einer nicht mehr als dreiköpfigen Begleitmannschaft mit leichtem Gepäck auf Rennkamelen von Jerusalem bis Akaba und dann per Schiff hinunter nach Saba reisen sollte. Die Schiffsreise war wesentlich schneller, die Gefahr der Stürme bei der Jahreszeit eher gering, auch wehte um diese Zeit ein günstiger Nordwind. Es mußte ein unscheinbares Schiff sein, das die Piraten nicht anlockte.

Man brachte rasch in Erfahrung, daß gegenwärtig ein kleines Eilboot im Hafen lag. Es wurde für die Königin und ihre Begleiter ausgerüstet. Die schwerfällige Karawane mit den langsamen Lastkamelen, die nun die Geschenke des Königs trugen, sollten wieder die Weihrauchstraße nehmen.

XIV

Abschied

Salomo und die Königin trafen einander wie sonst im Garten oder im Arbeitszimmer des Königs, aber in stummem Einvernehmen vermieden sie das Thema des nah bevorstehenden Abschieds.

Das heißt natürlich nicht, daß die Königin sich sang- und klanglos davonmachte aus Jerusalem. Es gab sogar viel Sang und Klang und Pauken und Trompeten und hohes Zeremoniell im großen Festsaal des Palastes im Beisein der Fürstlichkeiten und Priester und aller, die sonst Rang und Namen hatten im Land. Die Königin sprach und lächelte huldvoll nach links und nach rechts, beantwortete höflich die höflichen Fragen, die, der Etikette gemäß, nichts bedeuteten. Zwischen ihr und Salomo fiel kein Wort. Die Geschenke wurden hereingebracht und bestaunt, »alles, was ihr gefiel und was sie sich wünschte«, überliefert die Bibel. Beide, der König und die Königin, zwangen sich zu einem gefrorenen Lächeln, das bei der Königin womöglich noch bitterer ausfiel als bei Salomo, denn sie hatte gerade den Abschiedsbesuch bei der Königsmutter hinter sich gebracht, und die Uralte hatte ihr nichts erspart.

Diese hatte mit ihren Krallenfingern die korrekten Grußformeln der Königin weggewischt und kam unvermittelt zur Sache.

177

»Ist also genug geturtelt worden zwischen euch nicht mehr Jungen? Hat das Kuscheln und Kudern ein Ende? Unterbrich mich nicht, die Ausflüchte sind mir zu billig, das gescheite Reden steht mir bis zum Hals! Reichsgeschäfte also rufen dich zurück, wie man mir zugetragen hat. Auch von dem rollengetreu schwitzenden Eilboten hat man mir berichtet und dazu noch, wie er sich in der Küche, wo man ihn labte, ausgesprochen hat über alles, was die Leute in Saba so sagen über dich. Das hat er dir sicher verschwiegen aus Ehrfurcht vor der Gekrönten.«

Da verkutzte sich die Alte an ihrer ätzenden Rede und schwieg notgedrungen eine Weile. Die Königin raffte sich innerlich zusammen und knirschte leise zwischen den Zähnen: »Altes Luder, altes Luder, mich kannst du nicht verletzen, jeder weiß, wie du es getrieben hast, bevor du verhutzelt bist, und nicht einmal aus Liebe, sondern aus purem Ehrgeiz, was für mich das Turteln und Kuscheln erst anstößig macht. Aber was reg ich mich auf!«

Inzwischen hatte die Altkönigin ihren Hustenreiz überwunden und fuhr mit verschleimter Stimme fort, wo sie geendet hatte. Sie las der Königin die Leviten.

»Reichstrubel also rufen dich zurück, Leichtsinnige, die du sträflich lange vernachlässigt hast. Ich hätte dir voraussagen können, daß bei solchen Eskapaden der Regentin den adeligen Intriganten der Kamm schwillt und sie der Hafer sticht. Ich gönn es dir, Erlauchte!«

Die boshafte Greisin kicherte in sich hinein, und es klang, als ob man trockene Erbsen in einem blechernen Topf schüttelte. Die Königin hatte sich jetzt gefaßt zu einer abschnalzenden Antwort.

»Ich kann mir gar nicht vorstellen, Majestät, wie Ihr zu einer solch schmutzigen Auslegung meiner Beziehung zu Eurem Sohn kommt, als zärtelten wir miteinander, Salomo und ich. Unser Interesse aneinander beruht ausschließlich auf der gemeinsamen Suche nach Weisheit, wobei natürlich eine gewisse Bildung und Erziehung vorausgesetzt ist.«

Dies schmitzte sie der Alten hin, die ja bekanntlich niedrig geboren war. Die aber lachte nur auf und krächzte: »Mir kannst du nichts vormachen, mir im schwülen Bereich zwischen Männern und Frauen Hocherfahrenen. Bildest du dir ein, daß ich nicht weiß, wie es im kühlsten Gespräch unterschwellig schmachten kann, daß es einem den Rücken herunterrieselt. Es ist sogar eine gewisse Pikanterie dabei, und wenn ich dich anschaue, scheinst du mir durchtrieben genug, dazu mit kaltem Gerede dem Vergafften einzuheizen. Und wie ich mein Söhnchen kenne ...«

Eine Weile mümmelte Bathseba vor sich hin, dann schlug sie mit der flachen Hand erstaunlich fest auf die Armlehne ihres Stuhls und schrie heiser: »Geh jetzt, fahr ab, gute Reise, es ist höchste Zeit. Der Seewind möge dir die Flausen aus dem Kopf blasen, damit man dir, wenn du einreitest in Saba, nicht ansieht, wie es dich durchgerüttelt und durchgeschüttelt hat auf deine alten Tage!«

Die Königin versagte der scharfmäuligen Hoheit den Knicks und verließ kerzengerade und wortlos den Raum.

Wie schon erwähnt, fand am letzten Tag vor der Abreise ein offizielles Bankett statt mit pompösen Zurichtungen, deren Höhepunkt die Überreichung der Geschenke war. Es war das ein reiner Staatsakt. Die Antwort Israels auf die Geschenke von Saba. Mit den beiden Regenten hatte es nichts zu tun. Vielleicht hätte sich die Königin etwas Persönlicheres gewünscht, etwas ohne äußeren Wert. Einen Ring von Salomos Hand, ein Amulett, das er am Hals trug, eine besondere Essenz aus seiner Hexenküche. Davon hören wir nichts, nicht einmal Klatsch. Beobachten konnte man nur, daß die beiden, wie es dem Zeremoniell entsprach, nebeneinander an der Tafel saßen und zierliche höfische Phrasen wechselten, die für die Ohren der Gesellschaft bestimmt waren.

Leuten mit Scharfblick wäre vielleicht eine gewisse Abwesenheit im Ausdruck und eine Verschattung unter den Augenpaaren aufgefallen, die einander eher mieden als suchten.

Aber sogar den aufmerksamen Gaffern entging, daß die beiden für einen flüchtigen Moment einen Blick tauschten, der bei der Königin eine Frage enthielt, bei Salomo einen zwinkernden Schalk.

Ziemlich bald wurde die Tafel aufgehoben mit Rücksicht auf die frühe Abreise der Königin, die notwendig war, um das Schiff zu erreichen, das sie erwartete. Man zog sich in die Schlafgemächer zurück.

Die Königin betrat ihre Räume. Da setzte sie sich vorerst müde aufs Bett und stützte das Kinn in die Handflächen. Sie schaute ins Leere. Soll das nun das Ende dieser Geist und Herz aufwühlenden Wochen sein? Allenfalls noch morgen früh ein Händedruck und Abschiedswinken Salomos im Tor des Palastes, »und dann wird er sich umdrehen, und ich werde seinen Rücken sehen, und es wird für immer sein, ein Niemalsmehr!« Die Königin hätte sich gerne übers Bett geworfen und geschluchzt angesichts dieses Bildes, eine Ansicht des Rückens des Freundes, der im Dunkel des Tores verschwindet. Aber sie erlaubte sich diesen theatralischen Jammer nicht. Trockenen Auges grübelte sie vor sich hin.

Dann plötzlich sprang sie auf und wühlte in ihren schon für die Abreise gepackten Koffern.

Vor langen Jahren hatte ihr der damals noch frisch verliebte Gatte von einer Ägyptenreise ein Nachtgewand aus Byssus mitgebracht, ein halb durchsichtiges Gewebe zur Freude ihrer Nächte. Damals waren sie beide noch jung gewesen und der Gemahl hoch entzückt, wie sie sich, damit angetan, gezeigt hatte. Jetzt allerdings fragte sie sich in großer Verlegenheit, wieso sich dieses Schleiergewand in ihrem Gepäck befand.

Sie mußte sich dabei etwas gedacht haben, oder war es einer dummen Zofe untergekommen? Nein, sagte sie sich streng, sie selbst hatte das getan. Die Königin versetzte sich wohlweislich in jenen halbabwesenden Zustand, der so nützlich ist, wenn man etwas tun will, was man nicht tun sollte.

»Probeweise kann ich es ja anziehen, es ist eine
Ewigkeit, daß ich es nicht mehr getragen habe. Mit
Recht, denn es ist ja fast durchsichtig und schickt
sich gar nicht; besonders, wenn man alt ist, die
Straffheit der Haut stark nachgelassen hat und sich
Falten und Pölsterchen an unrechter Stelle gebildet
haben. Andererseits aber verdeckt es auch die klare
Kontur, und man kann es nicht eigentlich durchsichtig nennen, eher durchscheinend.« Sie sprach
es, während sie vor dem Spiegel stand, noch einmal
laut und fest: »Durchscheinend! Das ist etwas ganz
anderes als durchsichtig. Und mit einem nur leicht
durchscheinenden Hemd kannst du dich ohne
Bedenken zeigen. Salomo wird es erheitern, und
außerdem bist du in ein paar Stunden in der Wüste.
Sei keine kleinmädchenhaft spröde Gans! Die
Taille ist noch ganz in Ordnung, und die raffiniert
verschleiernde Linienzeichnung der Gestalt macht
sich gut. Ein bißchen üppig, das ja, aber eine gewisse Üppigkeit ist doch anziehender für einen Mann
als die knochige, eckige Magerkeit, die alte Frauen
oft zeigen.«

Sie beträufelte sich mit Wohlgeruch aus Flacons,
die sie von Saba mitgebracht hatte. Sie verstand
etwas von Düften, gewann man doch die arabischen
Essenzen aus Kräutern, die in der Wüste wachsen.
Sie hatte von jung auf gelernt, die richtigen Dosen
und Mischungen zu gebrauchen. Anders als hierzu-
lande. Im Frauenhaus hatte sie die Nase gerümpft.
Die Frauen hier trieben Schindluder mit den
Düften, weil sie sie viel zu üppig auftrugen. Die
Gedanken lenkten ab, aber die Nerven flogen.

Sie parfümierte sich mit Verstand und Nase. Ob Salomo empfänglich war für einen exquisiten Duft? Einen Duft, der einen gedeckten, aber hochraffinierten Reiz besaß und zum Byssus paßte, dachte sie beschämt.

Grübelnd, mit strengen Brauen sah die Königin in den Spiegel, vor dem sie immer noch stand, sah sich in der schleierigen Umhüllung, roch das Parfum, das eine vielleicht zu besondere Note hatte. Sollte sie ihn so im Schlafgemach erwarten? Eine plötzliche Röte schoß ihr ins Gesicht, bis hinein in den Ausschnitt.

Wie alt bin ich denn, und wo komme ich her, daß meine Gedanken sich auf solche Bahnen verirren können? – Sie riß sich den Byssus vom Leib und zog mit bebenden Händen ein schlichtes, matronenhaftes Nachthemd aus festem Leinen über den Kopf. Es zitterten ihr die Knie bei dem Gedanken, in welch peinvolle Lage sie beinahe gestolpert wäre. War es der bei der Tafel genossene Wein, an den sie von Saba her nicht gewöhnt war, oder war es die fatale Verwirrung der Sinne durch das prunkvolle Bankett mit dem quälenden Gedanken des Abschieds im Hintergrund? Ein gnädiger Engel hatte ihr im letzten Augenblick noch den Kopf zurechtgesetzt. Sie hatte überdeutlich Salomos Gesicht vor Augen, wenn er sie in ihrer verführerischen Aufmachung gesehen hätte. ›Schau an! Sie hat sich zurechtgemacht fürs Rendez-vous. Spielt weibliche Reize aus!‹ In seinen schwerlidrigen Augen wird dieser Gedanke aufglimmen und die Andeutung eines kleinen Lächelns auf seinen

Lippen – nicht als Gockelbefriedigung, sondern als Belustigung.

Sie atmete tief durch und stieg im biederen Nachthemd ins Bett. Sollte sie das Licht löschen und ihn – wenn er überhaupt kam – ins Finstere tappen lassen? Nein, besser die Lampe brannte und sie hatte ein offenes Buch, deutlich lesend, in der Hand. Dann konnte sie bei seinem Eintritt erschrocken auffahren und die Decke bis zum Kinn ziehen. Aber er würde sich kaum täuschen lassen. Würde wissen, daß sie ihn erwartete. – Also ein Willkommen? Womöglich mit ausgestreckten Armen? Höchst unpassend und lächerlich. Die sehnende Bräutliche! Oder sollte sie gelassen auf dem Rücken liegen und trocken sagen: »Schau an, da bist du ja, ich habe dich erwartet.« Was tun, bei allen Göttern, was tun, damit dieses letzte Zusammensein der Hochbejahrten, die sich so nahe gekommen waren, ein Fest würde und keine Farce. Die Königin lag im Bett, der Mond war untergegangen, die Gestirne wanderten auf ihrer Bahn. Ihr Herz war nicht still.

Salomo ging in seinen Gemächern mit hinter dem Rücken verschränkten Händen auf und ab. Über dem Hemd trug er einen blauseidenen Schlafmantel. Er ging auf und ab, ruhelos, drückte die Klinke, zögerte wieder. Dann gab er sich einen Ruck, öffnete die Tür und trat hinaus auf den Korridor. Er ging jetzt rasch, ohne das Tempo zu mäßigen, mit fest aufeinander gepreßten Lippen und bloßen Füßen den Gang entlang zu den Zimmern der Königin, öffnete, ohne anzuklopfen, die Tür

184

und trat mit dem gleichen rasch entschlossenen Schritt bis an den Rand des Bettes. Er sah sie fast finster an, schwieg und zitterte am ganzen Leib.

Sie lag da, das Buch, aus dem sie zu lesen vorgab, in den Händen, und fragte mit dünner Stimme: »Du bist es, Salomo, ich lese gerade noch ein wenig vor dem Einschlafen!« Dann bemerkte sie sein Zittern, unterbrach die ungeschickte Überraschungsfiktion und sagte mit ihrer gewöhnlichen, etwas rauchigen Stimme: »Ich habe sehr gehofft, daß du noch einmal kommst, Salomo! Der Staatsakt hatte doch nichts mit uns beiden zu tun. Und morgen in aller Frühe ein verschlafenes Lebwohl und den Rücken kehren ins Haus! Es wäre hart gewesen … Aber du zitterst ja!«

»Mich fröstelt ein wenig.«

»Komm doch unter die Decke, ich rücke zur Seite.«

Er streifte den Hausrock ab und kam der freundlichen Aufforderung nach. Da lagen sie nun, jeder auf dem Rücken, zugedeckt bis zum Hals, und die Rede hatte es ihnen, den beiden Eloquenten, vorerst einmal verschlagen. Endlich fragte die Königin: »Hast du es jetzt warm?« und griff über ihn hinweg, um sich zu vergewissern, daß er genug von der Decke hatte.

»Ja«, sagte er, »ich hab es recht behaglich. Und besonders heimelig ist es, wenn ich durch den Ärmel meines Hemdes deinen Arm fühle; es geht eine gute Wärme von ihm aus.«

»Wenn du noch frierst, dann rücke vielleicht eine Spur näher.«

185

Er schob sich etwas näher an sie heran. Dabei gerieten sie mit den Handrücken aneinander, und nach einer Weile griff er nach ihrem Handgelenk. Durch das Näherrücken berührten sie sich nun auch leicht an den Schultern und Hüften. Salomo seufzte, dann drehte er den Kopf zur Seite, der Königin zu.

»Würden wir nicht bequemer liegen und es traulicher haben, wenn wir uns einander zuwandten?«

Sie taten es und schwiegen wieder eine ganze Weile. Dann sagte sie: »Ich weiß, mein Salomo, worauf du hinauswillst, und ich gestehe es dir gleich, auch mich bewegt derselbe Wunsch, stark und dringend. Aber ich rate ab.«

»Ich weiß. Es ist unseres Alters wegen. Die Leute urteilen da ziemlich schroff. Aber eine glatte Haut und geschmeidige Glieder hab ich mehr als genug im Frauenhaus.«

»Es ist nicht nur, weil im Alter die Haut rauh wird und die Glieder nicht mehr schlank und beweglich sind. Ich meine es anders.«

»Und ich sage, ist es nicht das Schönste, was uns Gott gegeben hat in diesem dunklen Dasein?«

»Ja, ja, du hast ja recht, doppelt und dreifach recht. Aber seit ich alt bin, setzt mir der Vorgang selbst zu, verstehst du? Die besondere Eigenart dieses Vorgangs, die man in der Kopflosigkeit der Jugend, im Rausch des Geschehens übersieht, weil man von diesem Geschehen so überwältigt ist, daß einem die klaren Sinne schwinden und man glückseligerweise gar nichts mehr wahrnimmt. Ist es doch sogar die Voraussetzung für einen befriedigenden Ablauf dieses Vorgangs, daß die Schärfe der Wahrnehmung verschwimmt. Schon ein verständiger Blick oder Gedanke stört die schwunghafte Erhöhung, unterbricht sie rüde, sodaß man sich ernüchtert zur Seite rollt. Wir sind zu alt dafür, Salomo. Ich liebe dich tief und schwer, aber wir sind zu alt für das schöne Spiel, das der Jugend vorbehalten ist. Nicht wegen der Sittsamkeit, sondern wegen des Geschmacks.«

»Ich will nicht leugnen, daß auch mir dieses Auseinanderrollen nicht fremd ist, aber gottlob ist der Aufschwung meist so feurig, daß er sich nur durch ein ausnehmend widriges Vorkommnis knicken läßt. Es wundert mich sehr, daß du gerade jetzt auf dieses Widrige anspielst.«

»Sei nicht bitter, Salomo. Ich halte dich trotz deines Alters nicht für einen, der sich oft wegrollt. Ich möchte sogar betonen, daß du noch immer ein gewaltiger Verführer bist. Ich spüre es an der Hitze deiner Lenden. Und wenn es nicht mehr so lichterloh brennt wie in der Jugend, so mag es doch für den erwähnten Aufschwung genügen. Das Alter und die leidige Erfahrenheit der Jahre machen nur, daß die Flammen nicht mehr so verheerend züngeln wie in jungen Tagen und man – gegen den eigenen Wunsch – nüchterner und genauer sieht.«

»Und was soll das genaue Sehen? Denkst du vielleicht kleinlich und bigott an Reue und Scham?«

»Keineswegs an Reue und Scham! Ich denk nur sachlich an die Art dieses Vorgangs, der soviel Freude bringt; und die ist leider so beschaffen, daß man besser weniger genau hinschaut.«

»Du meinst den praktischen Vorgang? Der ist uns Menschen eben durch unsere Leibesbeschaffenheit diktiert, von Gott selbst.«

»Allerdings. Göttlich ist auch seine Präzision. Alles paßt genau ineinander wie der Spund ins Loch. Es ist mechanisch – und unleugbar ein wenig viehisch. Warum hat Gott wohl die Organe, die dem menschlichen Körper die erhabensten Gefühle verschaffen, gerade an jener Leibesstelle plaziert, die dem Ausstoß des Verweslichen dient? Wenn das Feuerwerk sich erschöpft hat, fühlt man sich von Gott immer irgendwie hineingelegt.«

»So wie du es beschreibst, Königin, wäre die Liebe nichts als Eitelkeit und Haschen nach Wind, und dieser Wind führt noch dazu allerlei Unrat mit sich.«

»Ich wollte dir nichts vergrausen. Und gleich auch sagen, daß für mich die Liebe, und damit meine ich auch den heiklen Vorgang dabei, den ich vielleicht mit zu harten Worten beschrieben habe, das Zusammensein zweier Liebender das Schönste ist, was es gibt in unserem hinfälligen Dasein, und ich hab es mir zu meiner Zeit so oft als nur möglich gegönnt, aber das ändert nichts daran, daß es auch eine Peinlichkeit ist und eine zum Gelächter reizende Schweinerei.«

»Und wenn schon«, sagte Salomo und schob die Unterlippe vor.

»Auch ich bin für dieses ›und wenn schon‹, wenn es nur in unserem Fall nicht das Letzte wäre, woran wir uns erinnern werden mit kalten Augen.«

Sie schwiegen lange und spürten der Wärme nach, die sie bis in die kleinsten Verästelungen der Adern durchströmte. Da plötzlich setzte sich die Königin kerzengerade auf und blies das Licht aus, das am Nachttisch brannte.

»Du löscht das Licht?« sagte Salomo mit gepreßter Stimme.

»Ja, ich lösche das Licht. Soll es doch finster sein und ein Abgrund, und wir zünden uns ein eigenes Licht an mit der dunklen Glut unseres alten Blutes, das töricht ist, aber auch weise. Laß uns die Arme über die Schultern legen und die Knie zusammentun und mit unseren Körpern eine Höhle zwischen uns bilden, in der sich die Wärme staut, die sich in uns gesammelt hat, beim Reden und beim Schweigen in all den Tagen. Komm, Salomo, daß ich dich spüren kann, Haut an Haut, Brust an Brust, Geschlecht an Geschlecht. Sieh es mir nach, daß ich vorhin so sarkastisch gesprochen habe von Spund und Loch und Lächerlichkeit. Ich habe es gesagt, und ich nehm es nicht zurück. Aber trotz allem, komm! Komm tief zu mir herein in die Dunkelheit des Fleisches, daß ich dich in mir fühle. Selbst wenn es eine Schande ist bei uns Alten und Leute mit Fingern auf uns zeigen, spöttisch oder empört. Noch brennt das Feuer, wenn uns auch der Tod nicht mehr fern ist und uns zeichnet mit den Malen der Vergänglichkeit. Die Ewigkeit kennt nicht die Lust.«

Die Geckos an den Wänden huschen die Wendeltreppen hinauf ins Zimmer des Anstoßes und schauen, wie weit die beiden sind, laufen auf durchsichtigen Beinchen wieder hinunter in die Behausungen, wo der Tratsch brodelt und kommen mit der ungeheuerlichen Nachricht, daß König und Königin in lässiger Zufriedenheit aneinandergeschmiegt reden; reden und lachen.

Hört ihr es? Fühlt ihr es? Wie es an den Wänden knistert und flüstert. Geraune sintert aus den Ritzen zwischen den Steinen. Lautlos huscht es über die Wände, arbeitet sich die Korridore entlang, kriecht durch die Türspalten, schnarrend und schnatternd, aus dem Schlafzimmer der Königin in die Gänge, in die Küche und Dienerzimmer. Es wispert aus dem Verputz, aus der Feuchtigkeit der Mauern: das Gerücht, das gierige Ausklatschen, der raschelnde Rufmord.

Der König und die Königin, wißt ihr es schon? Jetzt turteln die Greise im Bett. Mund an Mund liegen sie und kosen und schmachten. Jetzt hat sie ihn endlich soweit. Jetzt spießt er sie, und sie stöhnen und juchzen, die Alten. Es schwingt und knarrt das Bett. Wenn sie es wenigstens im Frauenhaus machten, eine weniger oder mehr, was tut das schon. Aber ohne Zeremonie und öffentliches Beisein! Gehört sich das? Für Königliche? Unerhört, ganz ohne Sitte und Anstand, was sie treiben. Und wie treiben sie es, die lüsternen Alten? Mit Reden und schamlosem Gelächter. Sie reden ohne Unterlaß, über alles wird geredet, was viel anstößiger ist als das Tun; und dann lachen sie, und keiner versteht, warum. Wir aus dem Volk der Niedrigen tun, was zu tun ist, ernst, feierlich und stumm. Höchstens die Jungen kichern bisweilen, aber keiner redet und lacht.

Die Palastratten, Dienstmägde und Pferdeknechte, das Geziefer im Frauenhaus mit seinen Oberhammeln, alle stehen sie und horchen, die Hand hinter den Ohrlöffeln, und an den Wänden und der Decke die zuckenden Leiber der Geckos, sie glotzen mit ihren farblosen Augen und flüstern aus, was sie gesehen haben im königlichen Gemach.

XV

Kohelet

Die Schiffahrt verlief angenehm ereignislos und, gemessen an der Strecke, rasch. Weder Unwetter noch Piraten beunruhigten die Reisenden.

Angekommen in Marib, fand die Königin das Leben in der Stadt unverändert lebhaft, ausgenommen vielleicht, daß man mehr Soldaten als gewohnt sah. An den Grenzen zur Wüste jedoch wurden häufige Übergriffe gemeldet. Im Kronrat hatten sich deutlich zwei Parteien gebildet, die in heftigem Zank lagen. Die Jüngeren, geschart um den Prinzen, plädierten für ein hartes militärisches Durchgreifen, und die Alten, der Großwesir an der Spitze, traten für Verhandlungen ein, fanden sich sogar bereit, kleinere Landstriche abzugeben, die wirtschaftlich für Saba bedeutungslos waren.

Nach einer gründlichen Information über das tatsächlich Geschehene, die sich die Königin lieber von den Kaufleuten verschaffte als vom Adel oder den Offizieren, nahm sie die Regierungsgeschäfte wieder in die Hand und stellte binnen kurzem die Ordnung im Land her. Sie lud die Sippenhäupter der Nomadenstämme, die sich an den Unruhen beteiligt hatten, einzeln zu sich in den Palast. In ihrem bescheiden ausgestatteten Arbeitsraum empfing sie allein, freundlich, aber ohne jedes höfische

193

Dekor, das nur zu Eifersüchteleien Anlaß gegeben hätte. Mit jedem einzelnen besprach sie die Lage. Teils hatte sie die Männer schon als Buben gekannt, von ihren Wüstenritten her. Sie überblickte bei jedem sein persönliches Interesse an dem Aufruhr und vermochte ihn so an seiner empfindlichsten Stelle zu packen. Denn diese nomadisierenden Sippen hatten ja eigentlich kein gemeinsames Ziel. Die Königin hatte sie sich daher einzeln vorgenommen, und es gelang ihr auch mit gezielten Versprechungen, Drohungen, unmittelbar gefolgt von Nachgiebigkeit, ihre Absichten zu erreichen. Bald waren die Unruhen beigelegt. Den waffen- und ruhmsüchtigen Jungen gewährte sie protzende Reiter- und Waffenspiele an den Grenzen, vor den Augen der gaffenden Beduinen.

Diese lebhafte Tätigkeit, die sich nicht aufschieben ließ, erlaubte der Königin kein Trauern um den verlorenen Freund. Die Wirklichkeit schob sich dazwischen und forderte kalt ihr Recht. Als sie aus dem Tumult auftauchte, stellte sich heraus, daß sie den Verlust nicht überwunden hatte. Es hatte sich wie ein Dorn in ihr Fleisch gegraben, es war der eingewachsene Schmerz eines ungeheilten, unheilbaren Geschwürs. Da brachte ihr eines Tages Gamal von einer Handelsreise in den Norden eine neue Schrift Salomos, Kohelet, der Prediger. Sie las beklommenen Herzens: »Ich, Kohelet, war König über Israel in Jerusalem. Ich richtete mein Sinnen darauf, mit Hilfe der Weisheit alles zu untersuchen und zu erforschen, was unter dem Himmel geschieht. Solche unselige Aufgabe hat Gott den

Menschenkindern gegeben, daß sie sich mit ihr müssen quälen. Ich sah alles Tun, was unter der Sonne geschieht; und siehe, es war alles eitel und Haschen nach Wind.«

»Es ist ihm elend«, sagte sich die Königin, »er schüttet allen Schmerz aus in diesen Zeilen. Leise sag ich mir, es ist der alte Dreh unser aller, die imstande und willens sind, uns mit kleinen Tricks aus dem Jammer zu winden. Mach die Last noch um ein bißchen schwerer, als sie ist, dann sinkt das Elend bis zum Grund, und von unten her erfährt es einen Anstoß, daß es wieder höher steigt und leichter wird. Gräme dich hinunter, unter das Leid, dann bekommt es den Schub nach oben. Ich kenne das, Salomo, ich durchschaue deinen Prediger mit viel Sympathie und Verständnis, aber leider kann ich diesen Dreh nicht anwenden, er ist mir zu deutlich. Er gelingt höchstens, wenn man nur halb hinschaut. Auch diesen Kunstgriff kennen wir beide, das verschleierte Hinschauen. Aber was soll's. Du sagst es ohnedies: ›Wo viel Weisheit ist, da ist viel Grämens, und wer viel lernt, der muß viel leiden.‹«

Die Königin hatte die Rolle im Schoß liegen, las Satz für Satz und dachte inzwischen über das Gelesene und Salomo nach, und unter ihrem Herzen, im Zwerchfell, nagte der Kummer sich ein, dieser Dorn, der ihr im Leib saß, stumm, aber bohrend. Sie klagte nicht, sie fluchte nicht, sie begehrte nicht auf wie Salomo, der die Gabe des Schreibens hatte, wo ein anderer die Qual in sich hineinwürgen mußte.

195

Im Palast und draußen in den Gassen der Stadt war stille Nacht, als sie mit dem Buch zu Ende kam. Aber die Stelle vor dem eigentlichen Schluß – sie wiederholte sie mehrmals – schuf ihr ein frostiges Rieseln unter der Haut:

»Denke an deinen Schöpfer ... ehe die bösen Tage kommen und die Jahre, da du wirst sagen: sie gefallen mir nicht. Ehe denn die Sonne und das Licht, der Mond und die Sterne finster werden und die Wolken wiederkommen nach dem Regen. Wenn die Hüter des Hauses zittern und die Starken sich krümmen, wenn die Müller müßig stehen, weil der Tag sich verdunkelt in den Fenstern, wenn die Türen nach der Gasse verschlossen werden und die Stimme der Mühle leiser wird: und man erwacht, wenn der Vogel singt und die Töchter des Gesanges verstummen. Wenn man vor den Höhen sich fürchtet und man sich scheut auf dem Wege; wenn der Mandelbaum blüht und die Heuschrecke beladen wird. Wenn die Lust vergeht und der Mensch fährt in sein ewiges Haus und die Klagefrauen gehen umher auf der Gasse.

Ehe der silberne Strick zerreißt und der goldene Leuchter zerbirst und der Krug zerspringt an der Quelle und das Rad am Brunnen zerbricht; denn der Staub muß wieder zur Erde zurückfallen, wie er gewesen ist, und der Atem wieder zu Gott, der ihn gegeben hat.

Es ist alles ganz eitel, nur Nichtigkeit, alles ist Nichtigkeit!«

Nun konnte die Königin den Schmerz Salomos nicht mehr zergliedern, der Raffinesse nachspüren, mit der er sich um das Ärgste herumschlich, sie konnte auch nicht mehr darüber grübeln, wie sehr ihr Kummer dem seinen glich. Der Gram hatte keine schützende Hülle mehr gegen die Tatsachen. Er rieb sich schutzlos blank am schartigen Stein der Wirklichkeit.

Jetzt, zum ersten Mal seit ihrer Ankunft, weinte die Königin. Tränenlos. Mit trockenen Augen, deren Lider brannten.

QUELLEN

Das erste Buch der Könige, 10/1-13

Das Buch der Sprichwörter, 8/22-31

Das Hohelied

Kohelet, 12

Die jüdischen, islamischen und äthiopischen Hinweise wurden dem Werk von Rolf Beyer »Die Königin von Saba« entnommen.